人生は美しいことだけ憶えていればいい

佐藤愛子

PHP文庫

○本表紙図柄＝ロゼッタ・ストーン（大英博物館蔵）
○本表紙デザイン＋紋章＝上田晃郷

人生は美しいことだけ憶えていればいい

目次

打たれ強くなるには

私が思ういい女、いい男

人生は美しいことだけ憶えていればいい

過ぎし日、六十六歳同士の対談

今の幸せ　昔の幸せ

（お相手　遠藤周作氏）

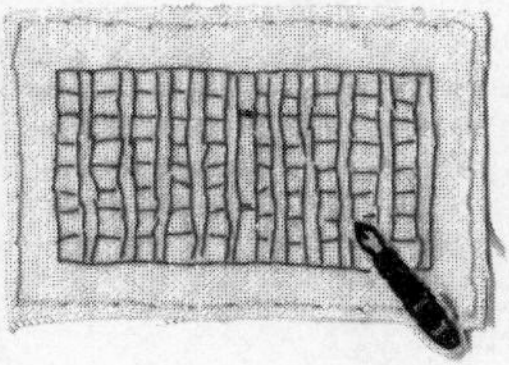

本文画——太田裕子

＊本書に掲載している年齢や年数、
内容は、執筆時のままとしました。

打たれ強くなるには

私の場合

私は過去に二度結婚をしている。

最初の結婚は戦時中のことで、結婚して間もなく離れて暮らすようになり、終戦になって帰還して来た時は彼は薬物の中毒患者になっていたから、マトモな結婚生活を営んだのは正味、五カ月くらいなものである。

その時の結婚生活についての思い出が、麻薬との戦いの断片以外に何ひとつ残っていないのは、おそらく思い出したくないという意識の働きのためであろう。今、この文章を書くに当たって、遠い過去の中をまさぐってあの結婚の意味を取り出したいと努力しても、何も出てこないのである。

二度目に結婚したのは三十一歳の時である。夫となった男は、その頃私が所属していた文学同人雑誌の同人だった。四年ばかりの友達づき合いの後で結婚する気持ちが固まったのは、彼を文学の勉強の師のように思ったからだった。

私の父は小説家であったが、私は小説家の娘としては、全く文学に無縁に育っていた。小説を読むのが好き、というわけでもない。書きたいと思ったこともついぞなかった。何も考えず、ただのほほんと育った娘だったのだ。

最初の夫が薬物の中毒で死去した後、私は結婚というものに失望し、生涯、二度と結婚なんかするものか、という決心を固めていた。結婚をせず一人で暮らすために、ものを書くことを私に勧めたのは母である。

明治二十六年生まれの母は青鞜《せいとう》社の女性解放運動に刺激されて、女の自立を夢み、女優を志しながら父との恋愛のために挫折して、結婚生活に入った女である。母は私が少女の頃から、折りにふれ結婚というものが女にとっていかに無意味でつまらないものであるかを口にしていた。

「結婚みたいなもの」

と母は吐き出すようによくいった。「みたいなもの」といういい方の中に、何十年かの鬱憤《うつぷん》が籠《こも》っているようだった。といって私の父が横暴で母を苦しめた夫であったというわけではない。父は我が儘《わまま》で感情を抑えることを知らない男だったが、それはそれは母を愛した。

母が外出をすると、帰るまで何も手につかないのだった。少しでも帰宅の時間が遅れると大騒ぎが始まる。手伝いは何度も停留所へ見に行かされ、ついには自分も出かけて行く。行き先がわかっている時は電話をかける。当時は電話のある家は少なかったから、電報を打つ。「スグカエレ」

という電報である。うんざりした顔で帰って来る母を見て、私は父を憎んだものだった。

そのうち母は外出嫌いになり、年に数えるほどしか出なくなった。外出することが嫌いなのではなく、父が騒ぐのでいやになっていったのだ。だがその代わりに母は、買いたいものは何でも買える、という贅沢を父から許されていた。一流品好みの母は、そういう点では贅沢を堪能したといえるだろう。

建てたいように家を建て、着たいものを着、気に入った家具道具に囲まれていた。それでも母は女優をやめさせられたということ、自由がないということで自分の人生に不服を持ちつづけていたのである。

現在のように夫と子を持つ主婦が、舞台に立ちつづけられるという時代ではなかった。まして父のように独占欲の強い寂しがりやの男を夫にすれば、家を外にして舞台の仕事をつづけることなど全く不可能だった。結婚する時の、「結婚しても女優をつづける」との約束は、父によって一方的に反古《ほご》にされてしまったのだ。

母が私や姉に向かって「結婚みたいなもの」という時、その言葉にはだから迫力があった。母は終生、自立を夢み、その夢を潰した結婚というものを怨《うら》みつづけていたのである。

そんな母に育てられた私たちであったけれども、やはり結婚しなければならなかった。結婚を唾棄《だき》しながらも、母は父の希望と世間の慣習に従って私たちを「結婚生活にしか適応出来ない女」に育てたからだった。女の自立を人生の幸福と考える一方で、母はどんな形によって娘の自立への道を開いてやればいいのかわからなかったのだ。

だから私の一回目の結婚が不幸に終わった時、母は少しも心配しなかっいい、と母は言った。むしろ離婚を奨励する風さえあった。もの書きになればいい、生前、お父さんはお前の手紙を読んで文才があるといって褒《ほ》めていたから、とケシかけた。

単純素直にその言葉に励まされて私は文学の道へ入った。これからは「文学を夫とする」というような意気込みだったのだ。だが間もなく私は自分の素養不足、勉強不足に突き当たって、自信を失った。二度目の夫Sと結婚する気になったのは、正直いって、「作家になる」という目的のためだった。

私は文学の上でSを尊敬し、信頼していた。Sの書く小説の難解さ、晦《かい》渋《じゅう》な文学論に、わけのわからぬままに傾倒した。Sは私より五歳年下だったが、ずっと年上の男に感じられた。私の書く小説を、誰がけなそうと、Sが褒めてくれさえすれば私はそれに自信を持つことが出来たのだ。結婚はしたけれど、私の夫はSではなく「小説」だった。またSの妻は私ではなく「文学」だった。

安泰な人生は幸福なのか

私たちの結婚生活は（他人の目にはとにかく）幸福だった。私たちは年中夫婦喧嘩《げんか》をしていたが（夫婦喧嘩は我が家の名物）、それは私たちの結婚生活の本質には全く関わりがなかった。私が夫に腹を立てるのは、度を過ぎたお人よしの点だった。Sは絶えず文学仲間から金を借りられていた。生活費よりも他人に貸した金の方が多い月もある。貸した金は返って来たためしがない。

私はその都度、憤怒《ふんぬ》のタツマキを巻き起こしていたが、それでも夫を尊敬することに変わりはなかった。怒りながら私は、どこかでそんな夫を容認していた。自分が損をするのがいやさに、困っている人の頼みを拒む人間の方が、心貧しいのだといつか思うようになっていた。

私は怒り狂いながら、少しずつSに感化されていたのである。私が本来、女として持っていた現実主義とSの現実離れした理想主義の板挟みになった私は、いつの間にかしらずしらずのうちに自分の現実主義を捨てるようになって行った。そうしなければ私たちは夫婦として暮らして行けないからだろう。

夫婦とはそういうものだ。互いに影響し合い、一方が一方に似て行く。似るまいとしていても気がついたら似ている。よかれ悪《あ》しかれどこか一点似ているからこそ夫婦としてやって行けるのであって、影響し合えない夫婦が夫婦生活を持続させる方法は、互いに無関心になる以外にはないのではなかろうか。

結婚して十年目にSは事業をはじめ、あっという間に失敗して破産した。Sのような理想主義者が事業の世界で成功するわけがないのである。それがわかっている親戚はこぞって反対した。妻である私も猛反対をするべきであった。常識的な妻であれば、反対するのが当然であろう（その時私が反対をしなかったというので、後で私は親戚の非難の的になった）、だが私は人間は損得にのみ生きるものにあらず、というSの人生観をいつの間にか血肉化してしまっていたのだ。

「Sがしたいというのならすればよい」と私は考えていた。それがSの人生の夢であれば夢を追うのがいい。夢を追わないで、日々の平穏のみを求める人生なんて、何の価値もない——と。

そうしてSは事業に突進した。そうして無残に破れた。Sは私にいった。

「俺はこのままでは終わらない。次の会社を作って立ち直る」

私はそれを信じて、Sの会社の借金の一部を肩代わりした。私はその肩代わりを不幸だとは思わなかった。私の中には、むしろ現実の損得に囚《とら》われずに、人間としてなすべきことをする自分への気負いがあった。

それはSとの十年の結婚生活のうちに、私の中に培《つちか》われていた観念である。私が借金を支払うために必死で働いている間に、Sは二度目の会社で同じ失敗をくり返し、再起不能という格好になって水商売の女性のもとへ走ってしまった。

あれから二十年の歳月が経《た》った。

ときどき私はSのことを思い出す。Sとの結婚が私にとってプラスであったか、マイナスであったか。

Sと結婚しなければ、私にはもっと安泰な激動のない人生が開けたのかもしれない。ことのない安泰な人生を幸福だと考え、その幸福を手に入れようとして（あるいは失うまいとして）、用心深く生きたかもしれない。

Sと結婚していても、Sになんらかの影響を与えていれば、こういう波《は》瀾《らん》は免れたかもしれない。幸か不幸か、私はSに何の影響も与えられなかった。夫婦喧嘩での私の怒号は夕立のようにSの上を素通りしただけだったのだ。

しかし私はSと結婚をしてよかったと確信している。Sによって与えられた苦労は、私を強くしてくれた。Sから影響を受けた人生観が今、私の人生を支えてくれている。

結婚は、どうしてもしなければならないというものではない。しかし、しないよりはした方がいいと私は考えている。

結婚生活が平和で楽しいことは結構なことだ。しかし、平和でない結婚が楽しくないかというと、必ずしもそうではないのである。

私の座右の言葉①

少しは生きる苦労があったほうがいい。
われわれも自分自身に対して目ざめさせるような、
なんらかの不安、なんらかの情念、なんらかの
苦しみがなくては幸福は生まれてこない。

（アラン…フランスの思想家・哲学者）

幸福の下絵

私はたまにしか外出しないが、いつ街へ出ても（日曜祭日とは限らず）盛り場は若い女性がいっぱい溢《あふ》れているのに驚く。よく見ると若い女性ばかりでなく、男性も中年女性もいるのだが、若い女性ばかり溢れているように見えるのは、今の中年が若く見え、男が女のように見えるためなのかもしれない。

それにしても、よくまあ、出て来るねえ、と思うくらい、ぞろぞろぞろ、春になって白蟻《しろあり》が出てくるみたいに、どこからともなく出て来る。喫茶店、レストラン、靴屋、ブティック、どこもいっぱいである。まるで花盛りの花壇が動いているよう。服装がカラフルになっただけでなく、皆、化粧上手になり、肌や髪の手入れが行き届いて艶《つや》やかである。そうして皆、同じような顔で同じように美しく、同じような表情をしている。だから咲き乱れる花壇を通り過ぎるような気持ちになるのだ。通り過ぎた後、どんな花も印象に残らないのである。

どうも今の若い人たちは、人のことが気にかかりすぎるのではないか？　人の目にどう見えるかということ、人と同じでなければ気がすまないという気持ちが強すぎるのではないか？

だから眉の描き方、口紅の色、スカート丈、ブーツ、皮肉、みんな同じようになる。成人式といえば、皆ふり袖を着て、白いフワフワのショールを肩にかけ、一様にソトワで歩いている。

人がスキーに行けば、自分も行かなければ、という気になる。人がホンコンへ行けば、自分もホンコンへ、パリへ行けばパリへ、京都の古寺の縁に坐《すわ》って庭を眺めるのがいいということになれば、我も我もと京都へ行く。たまに同じようにしない人がいると、「ヘン人」といって悪口をいわれねばならない。

人が恋人を持っているから、自分も早く恋人を作らなければとあせり、うろうろと探して手近の男にアタックし、すぐに身を任せる。というのも、この頃は処女なんか一文の値ウチなしということになっているからで、早々と結婚するのも、皆するからである。

結婚後の人生の目的は家を建てることである。新築の家の台所と居間の間にタマコロのつながったノレンをぶら下げ、夫は青、妻はピンクのウガイコップを洗面所に並べ、タオルやスリッパも青とピンクに揃《そろ》え、日曜日はドライブに行く。皆がそれを幸福としている限りは、やはりそれが幸福なのである。

子供は男と女の一人ずつ。名門幼稚園へ入れてピアノと絵を習わせ……と、幸福の下絵はもう出来ているのである。

しかし、そもそも幸福の下絵は自分で作るべきものである。人の真似をした下絵は、下絵通りに行かないことが間々《まま》あって、そんな時に夫に幻滅したり、子供に八ツ当たりしたり、そこでまたしても人がしているからとて浮気や離婚を夢みたりされたのでは、はた迷惑というものであります。

逃げ場のない生き方

今から三十年前、私が四十二歳の時、私の夫が経営していた会社が倒産して我が家は膨大な借金の下敷きになってしまった。何しろ乱脈経営のどんぶり勘定の会社だったから潰れるのは時間の問題という会社だったのだ。

だがそういうこととは全く知らなかった私は、いつか売れると信じて、売れない小説をせっせと書いていたのである。だから会社が倒産したと聞いても事態が呑《の》み込めず、暫《しばら》くはポカーンとしていた。阪神大震災に遭遇した私の友人は、やすらかに眠っていたところをいきなりベッドからほうり出され、目の前を大型テレビが走っていくのを見て何が何やらわからず、一瞬呆然《ぼうぜん》としたそうだが、まさにそれと同じだったのだ。

だがやがて事態の深刻さがわかってきた。我が家は破産し、家屋は三番抵当にまで入っていたのだ。勿論《もちろん》、家は人手に渡るだろう。その時我が家には、その家を建てる時に老後の安泰のために費用を負担して同居している私の母と小学校二年の娘がいた。家を抵当に入れることに反対していた母は怒り狂うだろう。子供は心配そうに私にいった。

「ママ、あたしたちはもうこのお家《うち》にいられないの？」

いったいどうすればいいのか、私たちはどうなるのか、私は気力を失いうつ病のようになり、懇意にしている整体のU先生に体を調整してもらいに行った。その時、事情を聞いたU先生はいわれた。

「佐藤さん、苦しいことがきた時、逃げようとすればもっと苦しくなりますよ。苦難は逃げないで受け止める方がらくなんです」

今から思うとその言葉が私のその後の人生を決めたと思う。丁度その日は私の小学校の同窓会の日で、私は出席の返事を出していたのだが、とても同窓会などに出る気持ちではなかったので欠席するつもりでU先生のところへ行ったのだった。だが先生はそれを聞いて、佐藤さん、これから同窓会に行きなさい、そうすれば元気が出ますといわれた。それで私は元気を奮い起こして同窓会へ行った。U先生を尊敬していた私は先生のいわれる通りにすれば間違いない、と思ったのだ。

いわれた通り私は「逃げない」で受け止めた。私の力の可能な限り、夫の借金を肩代わりした。積極的に勇猛心を持って生きることにしたのだ。するとまるでそのご褒美であるかのように直木賞を受賞し、職業作家として生きて行けるようになったのである。

「打たれ強くなるにはどうすればいいか」と編集部から問われたが、打たれ強くなるにはとにかく「打たれる」ことだと私は思う。「逃げずに受け止める」ことである。こうすればどうなる、ああなる、こうなる、などと考え過ぎないことだ。考え過ぎると行動力が鈍る。

相撲《すもう》のテレビを見ていると評論家や親方は何かというと稽古の大切さを口にする。力のついてきた力士を褒《ほ》める時、必ず「とにかくよく稽古していましたから」「稽古のたまものでしょう」といっている。辛《つら》い稽古によって力士は鍛えられ強くなっていくのである。いくら天賦《てんぷ》の才に恵まれていても稽古をしなければ上っていけない。それは気持ちのいいほど単純明快な図式である。

私の幼友達に資産家の一人娘に生まれ、文字通り「おんば日傘」で育った人がいる。同じような資産家に嫁ぎ、「おんば日傘」のまま一生を終えると誰もが思っていたのに、戦争で夫を失い、空襲で家を焼かれ、食糧不足で栄養失調になり、今までの「おんば日傘」のツケがどっと廻ってきたという状態になった。

我々の世代は国が招いた最大の苦難と共に生きなければならなかった世代である。辛いからといって逃げる道はどこにもなかった。

それらの現実が私たちの中にいつか「打たれ強さ」を育ててくれた。

「おんば日傘」の友人は漸《ようや》く病気を克服し、生きるために闇屋になり、それから化粧品の訪問販売をはじめ、二十年後には関西では押しも押されもせぬ女性実業家になった。

結局、私がここまでこられたのは、ほかに逃げ場がなかったからよ、と彼女は述懐する。現代の若い人たちがもし「打たれ強くない」としたら、それは逃げ場のありすぎる社会に育ったためであろう。現代に生きるむつかしさは、逃げようと思えば逃げる道があちこちにあることだ。公の助けもいっぱいある。

どこにも助けのなかった時代を生きなければならなかった我々には、今の世の中ほど恵まれた時代はないと思う。だがその代わり、我々は「打たれ強さ」という力を身につけることが出来た。今、それを有り難いことに思っている。

私の座右の言葉②

苦しいことがきた時、
逃げようとすればもっと苦しくなりますよ。
苦難は逃げないで受け止める方がらくなんです。

（整体のU先生）

見果てぬ夢

昔――といっても私が十代二十代の頃のことだが、その頃私は男が泣くさまを見たことがなかった。

何しろ戦争前後から敗戦にかけての時代で、一億総決起しなければならない時であるから、男ばかりか女も人前で涙を見せたりしてはならぬとされていたのである。夫が戦場へ行くからといって、妻は涙を見せてはならぬのである。お国のために働いて来て下さいといって、にっこり笑って見送らねばならない。

それが出来ないのは女の恥とされていたので、母も妻も娘も心の中はどうであろうと、にっこり笑って夫を、息子を、父親を送り出した。女がにっこり笑っているのに、男が泣くわけにはいかない。後から思うと、男も女も胸奥の涙の壺《つぼ》にひそかに涙を湛《たた》えつつ、人前では笑っていたのだ。

考えてみればその頃見た男の涙に、中等学校野球（今の高校野球）の敗戦選手の涙がある。戦いに破れた無念の涙だけが、男に許された涙だったのだ。

こう考えてくると、まことに涙というものは痛みと同じで、こらえようと思えばこらえられるものであることがわかる。その後時代が変わって、男も女も共に人間だ！　人間らしく生きよう！　泣きたければ大いに泣くがいい、という世の中になってからは、女に負けずに男も泣くようになった。

泣かない昔の男を見馴れて来て、男というものは女よりも強く偉いから女のようには泣かないのだと思っていたのは大きな誤解であったことが、そうなってはじめて私にはわかったのである。

私がはじめて身近に見た男の涙は、かつての夫が事業に失敗して倒産した時である。その日、いつになく早く帰って来た彼はせかせかした足どりで茶の間に入って来るといきなり、

「すまない、会社つぶれた」

というなり、みるみる目が充血して涙が溢《あふ》れ出た。

そのとき私は呆然とした。

人によっては倒産した夫の涙を見て胸を衝《つ》かれ、共に泣く奥さんもいるだろうが、私は途方に暮れ、一瞬、シラけた。

それまで私は「男が——しかも私の夫が泣く」なんてことがあり得ると

は夢にも思わなかったのだ。

つまり、それほど私は夫を尊敬していたといえる。信頼もしていた。どんな事態が起きても、(他の男はいざ知らず)私の夫は平然と困苦に立ち向かう男だと信じていたのである。

といっても夫の涙を見て忽《たちま》ち彼に失望した、というわけではない。ショックを受けたのでもない。ただ呆然《ぼうぜん》とし、どうしてよいかわからずにただ困り果てた。それまでの夫は強い男だったので、私には「夫を励まし慰める」という経験がなかったのだ。

泣く男をあちこちで見かけるようになったのは、その後しばらく経《た》ってからである。

娘の結婚式で泣く父親、あるいは自分の結婚式で泣きじゃくるお婿さん、女房に逃げられたとて、テレビで泣くご亭主……男が泣く姿なんて少しも珍しくなくなった。男が泣いたからといって、いちいち戸惑ったり驚いたりしていたらきりがないのである。

「男たるものが女房に逃げられたくらいで泣くなんて、それでも男か！　しっかりしろーッ！」

と怒鳴りたいが、進歩的女性を自負している人たちにいわせると、

「男、大いに泣くがよろしい、弱々しく女々しくなるがよい。今こそ女の躍進のとき！」

ということだそうで、私も女のハシクレゆえ、なるほどそうか、では男を叱咤《しった》するのはやめましょうと思うが、そう思う胸の下で何となく釈然としないのは見果てぬ夢を追っているのでしょうか？

母の口癖

「お父さんのことはよく書いておられますが、お母さんのことはあまりお書きになりませんね」と、私はよくいわれる。そういわれてみると、確かに私は母のことをあまり語っていない。

私の父は我《わ》が儘《まま》で短気な激情家だったが、陽性の人間だったので、その我が儘や短気にどことなく愛嬌《あいきよう》があり、従って語り易《やす》い人だったのだ。母はそんな父とは正反対、父の陽に対して陰の人だった。感情が顔に出ず、心のうちを口に出さない。苦痛も訴えない代わり、喜びも表現しない。父はよく母のことを、

「何をしてやっても嬉《うれ》しそうな顔をしない。感謝ということを知らない女だ」

といい、母は母で、

「男というものは口先ばっかりチャラチャラとうまいことをいう女が好きなんや」

といっていた。

私たち子供も、母から優しい言葉をかけられたという記憶がない。母は滅多に外へ出ず、いつも茶の間の長火鉢《ながひばち》の前に坐《すわ》ってつまらなそうにじっとしていた。家事は何もしない。台所へ立ったことも、箒《ほうき》を手にしたこともなかった。まるで根が生えたように一日中、じっとしていて、何かというと「大局的見地に立ってものごとを見なければ」とか「理性のない人間はダメだ」などといつも論評していた。「精神生活のない人間は用もないのにやたらに外へ出たがる」という言葉も好んでいう言葉だった。

「精神生活」とはどういうことか、子供の私にはわからなかったが、そういうことをいう母は、よそのお母さんとは違う、何か特別上等の母親のように私には思われた。

しかし私は、「人生は理窟じゃない!」と父が母に向かって叫ぶのを屢々《しばしば》耳にしている。その時は怒号する父よりも、黙って端座している母の方が数等エライ人のように思ったものだったが、成長するに従って、そう叫んだ父の気持ちがよくわかる、と思うようになった。全く人生は理窟通りに行くものではないのだ。愛情や優しさを持ち合わせていればいるほど、人生の矛盾にぶつかる。母の冷静さを私はむしろ欠点だと思うようになって行った。

晩年の父と母はよく諍《いさかい》をしていた。母にいわせるとその諍のすべての非は父にあるのだった。また母から説明されるとその通りだと思わずにいられない。父はいつも我が儘な感情家で理窟が通らないことをいったりしたりするのである。父は母の理窟に負け、仕方なく大声で怒鳴るのだった。

人気作家であることを自負していた父は、ある年、連載中の雑誌の編集長から、渡した原稿を批判されて激怒した。それは父にとって青天の霹靂《へきれき》ともいうべき大鉄槌《だいてっつい》だったのだ。その時、母は送り返されて来たその原稿を読み、父に執筆活動をやめることを勧めた。父はもう年老いて、かつてのようにビビッドな小説が書けなくなったことを母は見抜いたのである。

こういう時のために老後の生活費は用意してある、と母はいった。それで父は母のいう通り執筆をやめた。母のいうままに作家生活に終止符を打った父は、諍をしながらもやはり母を信頼していたのだ。

「いざという時に役に立てばいい……」

母は口癖のようにいっていた。母は信頼される女だったが、同時に寂しい女だった。母のような妻になりたいとは思わないが、しかしこういう妻をほしいと、年を重ねるにつれ、私は思うようになっている。

私の座右の言葉③

人生は理窟じゃない。

*

損得を考えるような人間は下司下郎《げすげろう》。

（佐藤紅緑…父・作家）

私が思ういい女、いい男

かくあれとは申さず

女が集まると男の悪口をよくいう。

主婦は亭主族の悪口をいい、勤めている女性は職場の男性の悪口をいい、女流作家は男性作家の悪口をいう。

男って、どうしてあんなに強情なんでしょう。女のキモチを絶対わかろうとしないんだから。自分のすることは間ちがいないと思いこんでいて、人の意見には耳もかさない。そのくせ失敗しては損ばっかりしてる。面倒くさくなると人まかせ、いい時ばかり出しゃばる。つまらない浪費をしては家計を狂わせるくせに、残業手当をこっそりヘソくって出しもしないケチで……というのが、専《もっぱ》ら主婦の悪口。

気が小さくて、ケチくさくって、女房にアタマが上がらなくて、嫉妬深い。弱者に強く、強者に弱く、美人に弱く、ブスに強い。自己認識が足りないことおびただしく、相手かまわずイロ目を使う。たいしたご面相でもないのに、女にもてると思いこんでいるうぬぼれの強さ。いや、もてるとは思っていないのだけれども、あれは要するに厚かましいということじゃないの。……と、汲めども尽きぬ泉のごとくに、湧き出て来るのがサラリーウーマンの悪口。

女流作家はどういう悪口をいうかというと、これは仲間を裏切ることになるからあまり書きたくないが、少し紹介すると、

「どれもこれも気が小さくて、女のくさったのみたい」

「でもね、だから小説が書けるのよ。そうでなかったら書けやしないわ

よ」

「イヤなやつに限って小説がうまいのね」

「そこが困るのよ」

「作家だから客観性を持ってるかと思えば、実に独断、偏見に満ちてるのよ」

「エゴイスト」

「甘ったれ」

という調子である。

それと同じように、男が集まると女の悪口をいっている。

亭主は女房族の悪口をいい、勤め人は職場の女性の悪口をいい、男の作家は女流作家の悪口をいう。

どうして女房という奴はあんなに視野が狭いのか。その狭い視野の中で考えたことを、絶対の真理だと信じこんで人に押しつける。自分の意見に同意しないと怒る。常に正しいのは自分だと思いこんでいる。その独断をもとにして批評する。本当は批評なんてものではなく、単なる好き嫌いなんだが、本人はいっぱしの評論家気どり。そして根拠もなく人を疑う。疑うことに使命感を覚えているのが困るんだ。他人と自分とを年中見較《みくら》べているのが趣味で、そこで嫉妬と虚栄の焔《ほのお》を上げる……と亭主族はいい、どうして女ってやつはああ無能なんだろう、いや、無能じゃないんだよ、やる気の問題だ、アタマを使おうという気持ちがそもそもないんだ、それでいて文句いうことだけは一人前以上、優しくすればつけ上がるし、強く出ればすぐに泣く、すねる。コーヒー飲んだ時は、男が払うものと思い決めていて、一方で男女平等を叫ぶ。仕事も出来ないくせにイロケだけはたっぷりあって、ハンサムと話す時は声が違う……とはサラリーマンの悪口。

男性作家がいう女流作家の悪口はどうか。

「いやはや、いやはや」

「どうもねェ……」

「こりゃ、大きな声でいうと、こわいですからな」

と頗《すこぶ》る抽象的であるのが、どんな具体的な悪口よりも凄《すご》い内容を秘めているのである。

男の下落、女の昇格

昔は男は女の悪口などいわなかった。

「女子と小人《しょうじん》は養いがたし」

と呟《つぶや》いただけである。悪口をいうほど、女を問題にしていなかった。男にとって、女というものは悪口をいうほど意味のある存在ではなく、黙殺するか、怒鳴って押さえつけるものだったのだ。

「うるさい、黙れ！」

「バカモン！　引っこんでろ！」

それだけだった。そういって威張った代わりに、男子たるもの一切の責任を我が身ひとつで背負わなければならん、と思い決めていた。たとえ現実はどうであろうとも。そう思い決めることが出来ない男は、世間から見下げられたのである。

それが今は、大いに悪口をいい合っている。男が下落し、女が昇格した。つまり歩み寄って平等になったのである。

ここに於いて、男の生き方は難しくなった、という意見と、気楽になった、という意見と二つある。男はエライものでなくなったことを素直に認めて、女に責任を半分背負ってもらって生きることは、気楽である。気楽であるが、命令され、批判され、文句をいわれ、悪口をいわれることを覚悟しなければならないのである。

そのいずれを好むか、いずれを選ぶかは、個々の人生観によるものであるから、私ごときがとやかくいう筋合いはない。女も私のような年になると、男の欠点を数え上げたり、注文をつけたりすることの無意味さを知るようになる。

男の優柔不断が怪《け》しからん、といって怒っている女性がいた。彼は妻子があるのに彼女と結婚の約束をして愛人関係となったのである。しかしいつまで経《た》っても彼は約束を履行しないので、彼女は彼の優柔不断を罵《ののし》り怒り、別れてしまった。

しかし彼の妻の立場から考えると、この優柔不断が身を守ってくれたわけで、優柔不断結構、ということになるのである。

ケチな男がいた。彼の奥さんはそのケチを憎み、同業者の××さんのような気の大きな、気前のいい男が理想だわ、と××さんの奥さんを羨《うらや》んでいた。ところがその業界に不況が来て、××さんは気前がよすぎ、気が大きすぎたために事業に失敗して借金の山。ケチな夫のおかげで、奥さんは不況の中でもことなきを得たという。

髪結いの亭主

単純だったり、無神経だったり、小心だったり、見栄っぱり、やせ我慢、意地、など、男の欠点を数え上げれば際限なく出てくるだろうが、そんなものを数え上げて分析したところで、どうということはないのである。

「ねえ、この箪笥《たんす》、向こうの部屋へ置きたいんだけど」

「よしきた、まかせとき」

ひとりで軽々と簞笥を動かす。もはや私の男への期待はそんなところである。そういう夫がいれば、

「よく役に立って、頼もしいわァ」

そう満足して、にこにこ、もっと稼ぐわよ、と働くであろう。

「ねえ、この机、向こうへやってよ」

「よしきた」

と持ったはいいが、机はビクともせず、

「おい、そっち側、持てよ」

ズルズル引きずってカーペットに傷をつけたりする。

「まったく、情けないったらありゃしない。人を働かせた上に、机ひとつひとりで持てないグウタラ！」

怒って愛想を尽かす。

今では、力モチで素直な男であれば、稼ぎもご面相も問いません、という心境である。

「髪結いの亭主」といわれて、職を持たずに、女房の働きに頼っている男を軽蔑したのは昔のこと、今は、

「髪結いの亭主、立派よ！　男の中の男。私もあんな夫がほしい！」

と評価する女性が増えて来たのは、女性の進歩を物語るものであろう。

「髪結いの亭主」こそは時代に先行する偉大な職業になったのである。

旧来の男の自尊心を引っ込め、女房を立て、おだて、ねぎらい、細やかな心づかいで女房を満足させつつ、稼がせる。難事業だ。

ひとつの仕事に、ひたすら邁進《まいしん》していればいい、というものでない。人間としての大きさ、男の魅力がなければ、稼ぎ手は飛び立って行ってしま

うであろうから。

素直でマメマメしく、優しくて素直、とはかつて、男が女に持った理想である。しかし今は女もそれと同じ理想を男に持つ。その上に力モチであれば、まあ、いいとしなくてはいけないんじゃないですか、そうあれもこれもと注文つけたところでどうしようもないことだし、というと、中年女性たち、声を揃《そろ》えていいました。

「その上にもうひとつ、女に卑しくなければ結構」

気質の問題

誰でもそうであろうが、人とつき合って楽しいと感じるのは、どこか持ち前の気質と通じ合うものがある場合だろう。気質が合わなくても趣味が一致していればいいという意見もあるが、しかし例えばお互いにクラシックファンでモーツアルトが好きだからといっても、たてつづけにモーツアルトについての蘊蓄《うんちく》を傾けられてこっちの口を出す間がないというのも興《きよう》醒《ざ》めだ。しかもその蘊蓄なるものが、こちらもある程度知っている場合は目も当てられない。向こうは何しろ、好きな道であるからしゃべり出したら止まらない。

「モーツアルトの手紙を読みますと……」

とはじまるので、

「あ、あれは私も読みましたが」

と暗に知っていることを仄《ほの》めかすのだが相手は耳も貸さず、

「ウンコとかおならとか、汚いことを手紙の中で書く人なんですよ」

「ええ、そうですね、変わった人らしいですね」

「そのくせ自分の妻には、この間のパーティーでの君のはしゃぎぶりは、淑女とはいえない振舞いだった、なんて説教したりするんですから」

「そうなんですね」と私が答えるのは、「そのことは私もよく知っていることです」という意味を籠《こ》めているつもりなのだが、相手は全く気づかない。

「それで旅公演でパリにいる時、一緒に来ていた母親が死ぬんです……」

それも知ってるよ！　その時モーツアルトは父親に手紙を書いた。しかし第一便では母の死を告げずに重態であることだけを書いておき、六日後の手紙ではじめて死を告げた。つまり父が受けるショックをやわらげるための心遣いのある人間だったといいたいんだろ！

——モーツアルトが好きならあんたもそれくらいの心遣いを持ったらどう！

胸の中はイライラではち切れんばかりになっているのに、

「それでね、モーツアルトは父親に手紙を書いたんですけどねえ……」

悠長に、しつこく、鈍感に尚《なお》も薀蓄を傾けられると、なまじい趣味が同じであるためにその人を敬遠するということになる場合もある。

いうまでもなく人はさまざまであるから、万人に愛想よく、細々《こまごま》と気配りを見せる人が、万人に楽しさを与えるとは限らない。私のようなヘソ曲がりは、あまり愛想のいい人と会うと、眉にツバをつけたくなったりする。

あんなにいつも上機嫌で調子がいいのはフツウじゃない。もしかしたら口から出まかせ、あとで悪口いってるんじゃないか、とかんぐったり、玄関から出るのに「お足もとにお気をつけになって」とか、部屋の温度はどれくらいがよろしいかとか、この果物《くだもの》は今日のためにわざわざ銀座の××屋から取り寄せたもので、などといろいろ気配りを示されると、それに対して謝辞をいうだけで私はくたびれる。

気配りというものは黙ってするもので、いちいち口に出すと押しつけがましくなって煩《わずら》わしい。しかしそう思うのは私が変人であるためで、世間ではそれが常識ということになっているのであろう。

あるレストランで女性ばかりの食事の会が催された時、

「今日の料理はあまりおいしくないわね」

といった人が、エチケット知らずであると非難された。会の幹事を務めたA夫人に対して失礼だというのである。

うまくないものをおいしいと褒《ほ》めるのがエチケットというものであろうが、そのエチケットの無難な常識の奥に、本音をいい合うというつき合いの醍醐味《だいごみ》がある筈《はず》だ。

楽しいつき合いというものは、ありのままの自分を見せ合うことの出来るつき合いである。そのためには時間をかけて、何でもいい合え、何を聞いても驚かず、理解と信頼を深めていなければならないだろう。

「これ、よかったらあなた食べない？」

「いらないの？　じゃあ食べる」

といって食べるような人とのつき合いが私は楽しい。

「あなた食べない？」

「いらないわ。おいしくないもの」

という人とのつき合いも悪くない。

私には、まずいものをおいしいといいつつ食べる食事会は楽しくないのである。が、そうかといって、まずいものでもおいしいといって食べるおつき合いこそ楽しいつき合いだと思っている人たちもいることは確かなので、要するにこれは気質の問題なのである。

変人は変人と、常識人は常識人と、それぞれ気質に合ったつき合いが楽しい。

遠藤周作さんから電話がかかってきて、

「元気かい？　どうや、健康状態は」

と訊《き》かれたので、今のところどこも悪くない、と答えた。

すると遠藤さん曰《いわ》く、

「君はそれでも文明人か！　六十過ぎてどこも悪くないなんてヤバン人か！」

こういう会話を平気で交わせる人とのつき合いは私には楽しい。

私の座右の言葉④

変人は変人と、常識人は常識人と、
それぞれ気質に合ったつき合いが楽しい。

（佐藤愛子）

私にとってのいい女、いい男

私の家に出入りしている娘さんたちと一緒にテレビを見ていると、思いもかけないところで、

「わッ、ステキなひと！」

と騒ぎが起こるので私は呆気《あっけ》にとられる。

「あれが？　なんでステキ？」

といいたくなる。私の目には、まあ目鼻立ちの格好はついているけれども、ステキとはとても思えないのである。

いい男というものは、引き緊《ひし》まった顔でなくてはならない。私はそう思

っている。顔が引き緊まっているということは、精神が緊張しているからである。アタマを使っているということだ。悪い例かもしれないが、スリの大ベテランの顔は、そこいらの大学生よりもよほどいい男である。

堅いゲンコツのような男の顔――それを私は魅力的だと思う。例えていうなら緒形拳の顔など（実物は知らないが）ゲンコツ顔の一つの例である。あのゲンコツ顔の中に秘められている闘志は、何に対してのものなのか、それを知りたくなる気持ち――それが魅力を覚える、ということなのであろう。

昔、キャサリン・ヘップバーンとロッサノ・ブラッツィの主演で、『旅情』というアメリカ映画があった。それがテレビで放映されると、娘さんたちはロッサノ・ブラッツィがカッコいい、といってまた騒いだ。

その中にハイミスのヘップバーンがベニスをひとり旅して、地元の骨董《こっとう》屋《や》の主人ロッサノと恋に陥り、二人で踊りに行く場面がある。そこでロッサノは踊りつつ、ダンスのメロディを口ずさむのだ。

なにも、女と踊ってるからって、歌を歌うことないじゃないか。私は何とも気恥ずかしくて、見ていられなくなる。それが「二枚目」というものであるとしたら、とても二枚目とはつき合いきれないと思う。

「わたしがヘップバーンだったら、ここでもう、忽《たちま》ちイヤになって、サイナラといって帰ってくるわ」

というと、娘さんたちは驚いて、

「どうしてですウ……一番ステキなところじゃないですかア……」

と声を揃《そろ》えるのだ。

私は面白い男を「いい男」だと思う。無口でいて、ふとした一言に人間味があって面白い、という人が好きだ。いくら面白い男がいいといっても、面白がらせようとして、ひとりでしゃべりまくり、どうだ、面白いだろう、さあ、笑ってよ、といった顔になる人は少しも面白くないし疲れる。

「男は黙ってサッポロビール」

そういうのが好きである。

人間が単純に出来ているせいか、私は男も女も単純で真っ直ぐ、率直な人を好もしく思う。

人の気持ちばっかりアレコレ測って裏の裏まで気を廻し、損得に心を使い、テクニックを弄《ろう》して人の好感を買う——そういう才能に長《た》けている人こそ、この世をソツなく渡り、出世して行くのであろうが、どうも私は魅力を感じない（だから何べん結婚しても苦労する）。私が魅力的だと思うような人は、多くの場合、誤解されたり、損を引っ被《かぶ》ったり、下積みに甘んじていたりしなければならないのである。

夫と離婚した若い奥さんがいた。結婚して五年になるが夫とどうもしっくりいかない。夫には愛人がいる様子である。こんな不幸な結婚生活をしているよりは、別れてお互いに新しい人生を生き直した方がいいんじゃないでしょうか、とある日、突然夫に申し出た。夫は驚いて、そんなことをいったって、オレと別れたらどうして食って行くんだ、と訊《き》いた。

夫にしてみれば浮気はしているけれども、女房と別れるほど女に打ち込んでいたわけではない。まして子供もいる。慰謝料と養育費を出してまで別れたいとは思わないのである。

するとと妻はいった。

「大丈夫。働き口はもう見つけてあるわ。それに子供の面倒みてくれる人も探してあるし――」

夫が預金通帳を見ると、既に半分が引き出されている。

「あなたの愛人のことは誰にもいわないわ。わたし愚痴こぼすのはキライだから。キレイに別れましょう」

じゃあサヨナラ、といって妻は子供を連れて離婚し、家財の半分を持って行った。そうして小さなマンションに住み、生き生きと働きはじめた。高校時代につき合っていた同級生のことを思い出して食事に誘い、やがて恋愛関係になった。彼には妻がいるが、その妻を押し退《の》けて結婚しようなどとは勿論《もちろん》思っていない。

彼女は勤務先の近くで時々、元の夫に行き合うことがある。そんな時、彼女はモト夫をコーヒー店に誘う。そして恋人とうまくやっていることや子供が健やかに育っていることなどを話す。

「こういう関係って、悪くないなアと思うんですよ」

と彼女は皆にいった。

「浮気が原因で別れた夫と会って、恨みつらみをいわないで、朗らかにコーヒーを飲んで、笑って別れる――理想的な別れ方じゃないか、自分でも満足してますの」

彼女のことを人はみな、魅力的な女性だという。それほど美人ではなかった人だが、この頃はキレイになって来た。歩き方も颯爽《さっそう》として、ものの腰もののいい、テキパキと気持ちがいい。やっぱり精神が充実していると、魅力的になってくるんですねえ、と皆、感心している。確かに彼女は生き生きしている。颯爽として美しい。私もそう思う。

しかしそう思いながら、私はどうも釈然としない。どうやら彼女は颯爽とし過ぎているようなのだ。生き生きし過ぎ、テキパキし過ぎるのだ。

「し過ぎる」と私が感じるのは、彼女の悧発《りはつ》さ、人の感受性も己れの感受性もテキパキと整理してしまうという、その才能、その合理主義のためだろうか。

彼女の別れた夫はその後、浮気相手とも別れ、次第にジジむさくなってひとり寂しく目玉焼を焼いているという。

「その話を聞いた時、〝勝った!〟と思ったわ」

と彼女はいったという。

私が彼女をいい女だと思わないのは、多分その話を聞いた時からである。

キリッとせえ

私がいう「魅力的な人」についての考えは、必ずしも若い人の意見とは一致しないだろう。一致どころか、反発を喰《く》うか、一笑に附されるかのどちらかであろう。例えば若い女性を対象としたテレビの公開番組などを見ている時、カメラが客席を映すと、肩まで垂れたロングヘアーがずらーッと並んでいて、私は思わず、

「なんだ、これは!」

と叫んでしまう。丸顔も面長も四角も三角もみな同じストレートのロングヘアーだ。ロングヘアーがいけないというのではない。丸も三角も四角

も一様にロングヘアーであることに私は呆《あき》れるのである。

高校や中学の制服はいやだ、個性を殺されるから、といった発言をよく聞くが、こうずらーッと並んだところはまさしく「制髪」という趣《おもむき》ではないか。

その制髪のせいか、どの人も印象に残らない。丸・三角・四角とそれぞれ違った顔形であるにもかかわらず、同じ顔に見えるのだ。

女子学生の集まりなどに顔出しすると、次から次から同じ顔が挨拶にくるので、誰が何さんだかわからなくなってしまう。

確かこの人はさっき受付で挨拶した人だと思うが、そうでないような気もする。しかし、態度が馴れ馴れしいから、初対面ではなさそうだ。だがしかしこの節は初対面でも旧知のごとくに馴れ馴れしい人がいるから安心はならない。いや、待てよ、そうだ、この人はテーブルスピーチをした人ではないか？　そんなことを慌ただしく頭の中で廻《めぐ》らしながら、ニヤニヤ笑いをして「どうもどうも」とやたらにペコペコしているのは我ながら芸がなさすぎると思うので、ついに心を決めて、

「あなたのさっきのスピーチ、なかなか面白かったわ」

思いきっていったら、違う人だった。

今の若い女性がみんな同じ顔に見えてしまうのは、もしかしたら私の方がボケてきているためではないかと、ある日突然気がついた。急に心細くなってきて年下の友達に話したら、その通り、みんな似た顔、似た雰囲気、似た服装なのよ、あなたがボケてきたわけじゃないわ、と慰められて安心するという有さま。

その友達がいうには、それはロングヘアーのためばかりではなく、厚化粧にも原因があるという。そういえば数日間日本を出て外国を歩き、戻っ

てくると、日本の若い女性の厚化粧が目立つ。外国の若い女性がみんな溌《はっ》剌《らつ》としているように見えるのは、若い素肌をそのまま見せているからかもしれない。日本の若い女性は学生なのか、人妻なのか、ホステスなのか、OLなのか、見分けがつかないのが厄介だというと、なぜ見分けがつかなければいけないの、そんなのサベツ意識だわ、とあっさりイナされる。形よく塗り上げた赤い唇に、憐《あわ》れむような笑いが浮かんでいる。こういう笑いを「魅力的」というのだろうか？　ババタリアンはわからなくなる。ババタリアンにはその紅唇はおぞましくにくたらしく感じられるばかりなのだ。

なぜ女子学生は厚化粧をするのか？

化粧品メーカーにのせられているのか、「ミンナがする」からしなくちゃならないと思っているのか、自分が持っている輝く若さに気がついていないのか？

主体性主体性といいながら、みんな同じような黒っぽいファッションで同じような化粧をし、同じような髪型をするのはなぜなのか？

ババタリアンにはわからないことばかりだ。

「あれはね」

と、もの識《し》り顔のババタリアンの一人がいった。

「あの娘《こ》たちはロングヘアーが男にモテると思ってるのよ。だからみんな長くする。男ってなぜか長い髪が好きなのよ……」

「なんですって！」

期せずしてババタリアンの叫びはひとつになった。

——男に気に入られるためにロングヘアーにする！

いったいそれが主体性を口にしている女のいうことか。我々ババタリアンは「主体性」なんて口にしたことはなかったが（第一、そんな言葉を知らなかった）、男の気を惹《ひ》くために装うなんて不見識なことは考えたことがない。昔は男の歓心を惹かねばならない商売の女性のみが、そういうことに腐心したのだ。

「魅力的な女」とは必ずしも「男にもてる女」ではないのである。これだけ女性の知的レベルが上がっているのに、男の関心を気にする女性が増えているのはどうしたことだろう。

喫茶店の窓際のテーブルに若い男女が向き合って、男の方が何やら一所懸命にしゃべっていた。いったいこの頃の若者はどういうことに関心があるのかと聞き耳を立てたら、こんなことをいっている。

「とにかくサイコーなんだ、冷やしタヌキは『しののめ』に限るって。アレ、オレ好きだなァ。あのアゲ玉っての、アレ、だいたいいつも揚げたてが入ってるもんネ。アレがうまいんだな。一度、前の日に揚げたヤツじゃないかなァと思ったことがあったけど、一度だけだったからね。ほかの店なんか、揚げたてが入ってることなんか一度もないもんね。冷やしタヌキのネウチはアゲ玉で決まるんだよネ……」

冷やしタヌキのアゲ玉についてしゃべるのはその人の自由である。しかしそれはいったい、男がそれほど一所懸命になっていうことだろうか？

「とにかく『しののめ』のアゲ玉はたっぷり入ってるんだ。うちの学食の冷やしタヌキなんてひどいもんさ。カイワレばっかりどさっと入っててよ、アゲ玉は湿ってて、第一分量が少ないだろ……何といっても冷やしタヌキはアゲ玉がイノチだからね」

「ふーん」「そーオ」「うんうん」「へーえ」

などという相槌《あいづち》をうっている相手の女性は横顔のきれいな、色の白い細面に例によってロングヘアー。

「ふーん、そうかァ」

といいながら手を伸ばして男の前にあるクリームパフェのサクランボを抓《つま》んで可愛《かわい》い口の中にほうり込む。

「じゃ今度、『しののめ』へ行ってみよう」

「うん、こころみてごらん。冷やしタヌキ、あれはおすすめ品だよ」

あれほど推奨した冷やしタヌキなのだから、今度奢《おご》るよ、くらいいってもらいたいものだ。

「こころみてごらん」とは何だ。

二人が手をつないで店を出て行った後、また新しい学生カップルがそのテーブルについた。

「それでよ、駅前歩いてたらテレビが来て、リクルート問題についてどう思いますかというから、ぼくら一生かかっても溜められない金をあっさり貰《もら》うんだから羨《うらや》ましいっていってやったよ」

「じゃ出るのね、今夜テレビに。わァ、見ちゃお……。局はどこ？」

羨ましい……。私は考えた。このコメントを、この学生はしゃれたいいまわしのつもりでいったのだろう。しかしこのコメントはお粗末すぎる。学生なら学生らしく、正面から真面目《まじめ》に考えて自分なりの意見をいう――そこが学生と、彼らが軽蔑するオバタリアンとの違いではないか。なのに今の若者の大半はオバタリアンよりも本気でものを考えない。考えないでしゃれたいいまわし、あるいは皮肉めいた（本格的皮肉でなく）いい方でお茶を濁し、自分が何も考えないで生きていること、無知、不勉強をごま化そうとする。

自分の哲学を持ちなさい、とはあえていわない。せめてもろもろの社会現象に対して、正面から真剣に考えようとする姿勢だけは持ってほしい。

かつて「懐疑」は若者の特権だった。それは学生が必ず通過するハシカだった。その懐疑を越えようとして学生は本を読み、考え、議論をし、そして顔が引き緊《ひし》まり、声に知性が伴って男としての厚みを身につけていったものだ。

考えることをやめた若者、懐疑を知らない若者、怒らない若者、抵抗しない若者に魅力などあるわけがないのである。

「ぼくら飽食時代に生まれ合わせた者の不幸」

などとしたり顔にいえばそれですむというものではないのだ。不幸だと思うのなら、この飽食時代に抵抗するべきだ。

「仕方ないから妥協してるんだ……」

といいつつ、結構、飽食時代を楽しんでいる。

車はどこそこの新車がいいとか、やっぱ、外車はカッコいいとか、時計は何がほしいとか、冷やしタヌキは『しののめ』に限るとか。他愛《たわい》のないことをいって暮らしているものだから、顔も身体つきもシナシナしている。芯が通っていない。

そんな男どもに気に入られるために、髪を長くして厚化粧をする女性に魅力がそなわるわけがないのである。

男も女もキリッとしてもらいたい。

魅力的な若者とはキリッとした顔、キリッとした声、ものいい、キリッとした歩き方のそなわっている人のことだ。

そしてキリッとなるには、以上のババタリアンの意見を熟読玩味することである。

私の座右の言葉⑤

人には負けるとわかっていても、
闘わねばならない時がある。

(バイロン…イギリスの詩人)

「自分らしく」というけれど

「自分らしく生きる——だけど気になる他人の目」

そういうタイトルで書くようにという編集部の注文である。何げなく引き受けてさて原稿用紙に向かい、もう一度依頼状を読み返して怪訝《けげん》な気持ちになった。

若い女のひとたち、みんな楽しく、自分らしく生きてるじゃないか。

気になる他人の目？

えっ、ほんとですかといいたくなった。

電車に乗れば朝っぱらから若い女性の厚化粧の居眠り姿（このことを新

聞に書いたら、同感の葉書がどっと来た）。厚化粧するということは他人に美しいと思われたいためであろう。だが一方居眠りの姿ほど他人に見せたくないものはない筈《はず》である。少なくとも古《いにしえ》より私などの世代までの日本女性はみなそう思ってきた。

だから厚化粧して平気で居眠りの姿を晒《さら》すというその矛盾が、我々世代にはどうにも理解出来ないのである。疲れ果てて化粧も崩れたボサボサ髪の人が居眠りしていれば、ああ、疲れているんだねえ、ご苦労さん、といたわる気持ちになるのだが、厚化粧が、しかも朝っぱらから居眠りをしていると、どうせ夜遊びをしてたんだろう、と文句をつけたくなる。

だが当人たちは他人の目など気にしないから、平気で長い髪を顔の前に垂らしてコックリコックリやっている。まわりの人が呆《あき》れて見物していることなど、想像が届いていないから堂々と隣の人に凭《もた》れかかっているのだ。

長い髪といえば、ラッシュアワーの電車（しかも夏）では、これほど迷惑なものはないと通勤の男性は口を揃《そろ》えていっている。長い髪がクーラーの風になびいて、他人《ひと》の顔や首筋を撫《な》でるのだ。どうしても長い髪にしたければ、せめて電車に乗る時は後ろでまとめて留めてほしいという投書を、三度新聞などで見かけた。

長い髪は女性を美しく見せるのかもしれない（私は必ずしもそう思わないが）。男の中には長い髪に魅力を覚える人が多いのかもしれない。しかしその長い髪も、身動きならぬ超満員の電車の中で顔を撫でられては、魅力的どころか閉口するのが当然である。喜ぶのはヘンタイか、彼女に想《おも》いを寄せている男だけだろう。何の関心もない男たちは迷惑が高じて朝っぱらから腹を立てている。そして世の中には彼女に何の関心もない男の方が圧倒的に多いのである。

盛り場を歩くと若い男女がべったりくっついて歩いている。男は腕を女の肩にかけ、女は男の背中に腕を廻し、頭を男に凭せかけている。男の頭は女の方にかしいでいる。かと思うと駅のプラットホームで長いキスを交わして離れないカップルがいて、その長さに私は驚いた。あまりジロジロ見るのは悪いが、さりとて見ずにいるにはあまりにも興味深い光景だから、チラチラと見たり、見なかったり、あたりの人はみな落ちつかない。

あるいはこれはこれから長い別れになる人たちなのかもしれないと思って注意していると、二人は入って来た電車に揃って乗るではないか。三つ目の駅で揃って降り、セメダインでくっつけたように密着したまま階段を降りて行った。あのキスは別れを惜しむキスではなかったのだ。ただ衝動に駆《か》られただけのことだったのだ。

これはもしかしたら「他人の目を気にしていない」のではなくて「他人に見せつけたい」という欲求なのかもしれない。だから人目のない場所でなく、わざわざ大勢の人がいる所へ出しゃばってきて、自分たちの「溢《あふ》れる愛」を展示してみせたのかもしれないと思ってしまう。

どうもこのテーマについての編集部の意向がよくわからない。わからないのは、私の若い人たちを見る目が片寄っているためだろうか。私の認識が間違っているのかもしれない。そう考えて編集部に電話をかけた。

「今、原稿を書きかけたんですけど、どうもそちらのお考えがよくわからないんです。『他人の目を気にしないで自分らしく生きよう』というテーマのようですけど、私の目から見た今の若い人たちはみな、他人のことなんかかまわず、自分の思うままに生きていると思うんですけどねえ」

「はあ……そうですか……」

と電話口の若い女性編集者は困ったような声を出した。

「お酒が飲みたければビアホール、イッパイ飲み屋、ホテルのバーやクラブ……どこだって平気で入ってますし、この頃は歩きながらタバコをふかしてる若い女の人、珍しくありませんしね。ラブホテルにだって、まるでデパートや公衆トイレに入るように平気で入ってますよ。私は逆に少しは人の目を気にしたら、といいたいくらいです」

「はあ……そういえば……そうかもしれませんですねえ」

と編集嬢（あるいは「夫人」かもしれないが、その声は私の迫力にけ圧《お》されたためか、まことにウブなお嬢さんのように聞こえた）。

「他人を気にして自分らしく生きられないとしたら、どんな面でそうなんでしょうか？　具体的にいってもらえればわかるかもしれないと思っておお電話したんですけどね……」

「はあ……あのう、例えば……」

「例えば？」

「結婚適齢期というものが何となくあって、それにこだわって、あせる、ということがあると思うんですけど……」

そうかなあ。この頃は結婚なんかたいしてイミがないと考える女性が増えて、そのために若い男性が結婚出来なくて困っているというではないか。結婚という形に捉われない愛があってもいいでしょう、と気勢を上げている女子学生に昨日も会ったばかりだ。

「それに、例えばファッションなんかでも、これが今年のファッションということになると、自分の好みも似合うかどうかも二の次になって、流行を追うというようなこともあると思うんですけど……」

それは要するに教養の問題だ。主体性というものは教養の裏うちがあって確立するものだから、そもそもそれの持ち合わせのない人に向かって「附和雷同《ふわらいどう》するな。自分らしく生きなさい」といっても、ないものはないのである。どうすることも出来ない（もっとも私はファッションとは無関係な服装をしているが、それは主体性などという高尚なものではなく、単に面倒くさがりやのため、ファッションに気を配るのが億劫《おっくう》で五年も十年も前のものを着ているだけのことである）。

どうもああいえばこういう、こういえばああいう、というイジワル問答になってきたようで、編集嬢はだんだん元気がなくなって行く。それでも彼女は健気《けなげ》にも最後の力をふるい起こした。

「例えばですね」

「はあ、例えば？」

「人とのおつき合いの場で、いいたいことが十分にいえない、というような……つまり相手にどう思われるかを考えると……」

もしかしたらこの人、自身のことをいっているのかもしれない、と気がついた。考えてみれば年が三倍ほども上のうるさがたで有名な佐藤のばあさんに、いいたいことが十分にいえないのは至極当たり前のことであって（大の男でもビビってる）、それはあなたがダメなのではない。いいたいことをいわせない私の方が、修行をしなければならないのです。

若さというものは未熟なものである。若い人は世の中のことも、人間についても、ほんの僅かの経験しかない。自信がないのは当たり前である。未熟な者に「他人の目を気にしない」で「自分らしく生きられ」たら傍迷《はためい》惑《わく》だからおとなは文句をいう。その文句に反発したり、逆批判をしたり、黙殺したり、また反省したり、妥協したり、あっちで失敗、こっちでハナを打ち、というさまざまな経験をして、そうして少しずつ「自分らしく」生きられるようになるのである。「自分らしく」ということがどういうことか、だんだんわかってくる。去年の自分は「自分らしく」生きていたつもりだったけれど、今考えるとそうではなかった、と思い思いして、少しずつ自分の本質を見つけて行く。自分を築いて行く。それが順当な生き方なのだと考える私は、だから、他人の目が気になる時は、抵抗せずにゆっくり気になっていたらいい、と思う。へたに主体性とやらに自信を持たれるよりも、自分の未熟さを知っている若い人の方が私は好きだ。

人間の魅力

「人はどのようなところが好かれて、どのようなところが嫌われるのか」

という設問を前にして困った。

あなたはどんな人が好きか、どんな人が嫌いかと訊《き》かれたのなら答えることが出来るが、「人は」と一般論でこられるとこいつはむつかしい。

というのもこの私は世間のお方とは価値観、感覚、何かにつけて違うらしいことがわかってきたからで、私が魅力を感じる人、好きだと思う人を必ずしも「人」が同じように感じるかどうかに自信がないからである。

しゃれや冗談を連発してあの人は愉快な人だ、面白い気のおけない人、頓智《とんち》のある人だと好かれている人がいた。ちょっとした寄り合いなどでもその人がいると座に活気が出るので人気がある。だがある時、私はその人気者と大阪行きの新幹線の中で隣り合わせることになり、東京から三時間近い車中、その人の連発するしゃれや冗談につき合わされてヘトヘトになった。

その人にしてみれば三時間の道中、私の退屈を紛らせねばという使命感(?)に燃えて、特技のしゃれ冗談に精魂込めたのかもしれない。それはその人のサービス精神であろうから、折角のサービスを怒るわけにはいかないのである。仕方なく笑っている。静岡あたりまでは元気よく笑っていたのだが、名古屋までくると笑う声に力がなくなってきた。京都附近では笑うよりも殆《ほとん》ど腹を立てている。というのも、その人のしゃれ冗談は私には少しも面白くないのである。

「ふン、そんな程度の低いしゃれに笑えるか」

という気持ちで、

「フフフ」

口先だけで笑っていた。この口先だけの気のない笑いがわからぬか、といいたいのを我慢して。

後日、友人に「この前、新幹線で例のしゃれ好きの人と乗り合わせてねえ」と話し出したら、友人はいった。

「それはよかったわねえ。面白かったでしょう。あの人は楽しい人だから、みんなに好かれているのよね」

私の方はもう彼の顔を見ただけで逃げ出したい心境である。

こういうことがあるから、人間についての論評はむつかしいのだ。多勢に無勢。彼は人気者なのに私は逃げたくなる。これは多分、私がいけないのだ。協調性がないのがあんたの欠点だと友人からいわれた言葉が浮かんできたりしたのだが、別の日、別の友人と会ったら、その人はこういった。

「いやァ、××のやつ（しゃれ好きの人）とゴルフを一緒にやったんだけどね。はじめから終わりまでくだらん冗談ばっかりいってね。それの相手をしているうちに調子が狂っちゃって、まったく、あいつの下手な冗談はアタマにくるよ」

途端に私は嬉《うれ》しくなり、それまでそれほど親しくなかったその友人に対して急に「親友」のような気持ちを抱いたのであった。

冗談好きの彼が真に「魅力的」になるには、まず自分の冗談がすべての人を喜ばせているという思いこみを捨てる必要があると私は思う。彼は冗談上手の自分が気に入っている。人にサービスをしているつもりで、己れのサービスに溺れ、笑ってくれている人たちからサービスをしてもらっていることに気がつかないでいる。そんな自分に客観の光を当てることが出来たなら、その時から彼は時と場合と相手を選んで適度のサービスをする真に魅力ある人になるのであろう。

人に好かれる、嫌われる、といっても時と場合、条件による。相手によるのだ。

「あの人、とってもいい人なのよ」

と実に簡単にいう人がいるが（なぜか女性に多い）、私はあまり信用したことがない。

「いい人」とはあまりに漠然としていて、どういう人なのかよくわからない。それは多くの場合その人の「印象」にすぎないからで、そのうち、この前までは「いい人よ」といっていた同じ人が、「あんな人とは思わなかったわ」と簡単に意見が変わっている。

同様に「あの人、みんなから嫌われてるので私も大嫌い」などという言葉にも耳を傾けたことがない。なぜ嫌いなのか、そのわけを聞いてみると、他愛《たわい》のないことばかりで（指輪を自慢したとか、息子がストレートで東大へ入ったことをハナにかけてるとか、自分を美人だと思って気取ってるとか……）、どうも嫌われている人よりも嫌っている人の方が私には小うるさい人のように思えて敬遠したくなるのである。

私は心の広い人に魅力を感じる。どんな場合でも鷹揚《おうよう》に笑っていて、むやみに興奮しない、人を大きく許せる人が私は好きである。というのも私自身、心が狭くてすぐ興奮するタチなので、人間は自分にないものを持っている人には憧れを抱くものなのだと思う。

その一方で私はファンだと自称する人から、「佐藤さんの夕立のような怒り方が大好きです。よくぞいってくれた、怒って下さった、と胸がスーッとします」というような手紙をよく貰う。

とすると私の大欠点で、多くの敵を作っている「短気」「喧嘩《けんか》好き」に魅力を覚える人が世間にはいるわけで、それは私にあってその人にはないもの（いいたいことがいえない）のためなのである。「怒りたいのに怒れずブスブスとくすぶって」いない人たち、そうむやみに腹の立つことがない人たち、たしなみのある人たちにとっては、私のような女はどうしても許せぬ下品な女になるのである。

「周りの人を引きつける魅力」とはどのようなものでしょうか、といわれても、優しさであるとか心配りであるとか、快活さ、明るさ、機智、信頼感とか、抽象的な言葉は幾つでも出てくるが、ほんとうの魅力というものは機微に属するものなのである。ハウツーで身につけるものではなく、その人のキャラクターと人生経験の多寡によって自然に醱酵《はっこう》して身につけていくものであろうと私は思う。

若い女性の間ではよく理想の男性の条件の第一として「優しさ」が挙げられている。優しさとは人の気持ちがわかることであり、人の気持ちがわかるということは、喜怒哀楽のさまざまを経験することによってしか、本当にはわからないものだ。

ある偉いお医者さんが癌《がん》になって手術を受けた。その時はじめて、病人のいうにいえぬ切ない気持ちがわかった、それまで自分が持っていた患者への優しさは、医師としての職業的な優しさにすぎなかったことがわかった、と述懐しておられるのを読んだことがある。

経験というものはそれほど強い力を持っているものなので、だから経験をうかうかとやり過ごしてしまう人は、どこまでいってもそれが魅力にまで醱酵していかないのである。

人の好き嫌いの殆どは、相性というものだと私は思っている。相性が悪いということは、感受性が違うということだ。多くの人に好かれる人は一般向きの感性の持ち主だともいえるのではないだろうか。個性が強い人は人から好かれる率は低いかもしれない。しかしだからといってその個性を殺して、人に好かれるように努力しなければならないというものでもないと私は思っている。好かれるためのとってつけたような努力をわざとらしく感じて疲れる人もいる。

「ありのままでいいんですよ。あなたの自然でいいんですよ。人生経験を大切にしていれば、自然に魅力がそなわってくるものですよ」

と私はいいたい。

そんな私はあるいは与えられたこの設問に答えるには、不適当な人間なのかもしれない。

私の座右の言葉⑥

たまたま道徳論を書かなければならないとすれば、わたしは上機嫌ということを義務の第一位におく。

（アラン）

人生は美しいことだけ憶えていればいい

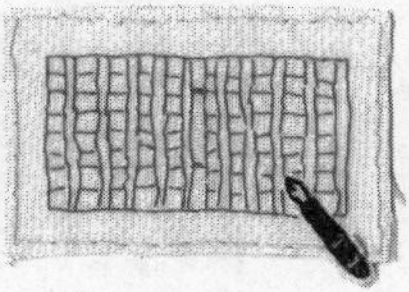

楽天的に生きる

言葉に振り回される不幸

最近気になっていることは、「言葉の氾濫」ということです。まず最初に言葉があって、人はそれから考える。考えた末に言葉を見つけるのではなくてね。

先日、「親子のコミュニケーションがとれないで悩んでいる人が多いけれど、どうすればいいか」という質問を受けて改めて思ったんですけれどね。昔は「親子にはコミュニケーションが必要」だなんて考えませんでしたよ。世代が違う者同士にコミュニケーションが成り立つ筈《はず》がないんです。昔の親なんてほんとに自分勝手なものでした。子どもから見れば理不尽、矛盾のかたまりです。

学校から帰って来て遊んでいると「勉強しろ、勉強しろ」という。そのうち忙しくなってくると勉強はいいからおつかいに行けとかお手伝いしなさい、といい出す。まだ宿題がすんでないというと「宿題みたいなものはどうでもいい」となる。文句をいうと、うるさい、親のいうことを聞かないのか！

子どもは心の中でなんて理不尽な、と思うけれど、せいぜいふくれるだけで反抗出来ない。それというのも「親のいうことは聞かなければいけない」という教え、社会の通念があったからです。

それに昔の親は、特に母親は身を粉《こ》にして働かなければならなかった。掃除洗濯その他すべて母親一人の腕力でこなしていたのですもの。子どもはそれを見て育っています。言葉のコミュニケーションなんて持てるわけがない。親は親で子どもが何を考えているのか、知りたいとも思わない。それほど「親の権威」に自信を持っていたのです。

そんなふうにして子どもの中には、理不尽や親の自分勝手に対する耐性が育っていったんです。学校の先生も決して優しくなかった。子どもの気持ちを分からなくては、なんて思う先生は皆無でした。そうして社会へ出れば理不尽なことばかりでしょう？　今の子どもはすぐにキレるけれど、理不尽に馴れっこになっている者はそう簡単にキレません。我慢強いことが美徳とされていた時代に育った者は強いですよ。

考えてみるとこの頃は「美徳」という言葉を聞きませんね。何が美徳か、教える人もいない。とにかく平和平穏、豊かで便利、快適――。それを幸福だと考える人が多くなりました。ソンした、トクした、の話ばっかり。

　物欲を露骨に見せるのは人格の低劣な人間だというような観念は雲散《うんさん》霧消《むしょう》しましたね。十代の女の子が売春してる。それをいうのに援助交際という言葉を考え出す。売春を援助といえば何となくもっともらしく聞こえるじゃありませんか。そんなふうにして否定されるべきいろんな現象が、「フッー」のことになって行く。

だいたいね、十代の女性というものは、潔癖と羞恥心、純で怖がりで清らかなものですよ。その十代がね、どこの何者とも分からぬオッサンに身体をさわられて平気でいるという、その感性の鈍感さに私は驚いてしまうのです。どうしてそんなことをするのか、と問うと誰にも迷惑をかけていないんだからいいだろう、という。お金が入れば親に小遣いをねだることもないから、親もらくでいいでしょう、という。身体は減るもんじゃないから、と。

いやはや、いやはや、というしかなく、なんでここまで落ちてしまったかと嗟嘆《さたん》するばかり。古今東西、金のために身体を売った女性は沢山います。いるけれどもその人たちは皆、食うために（あるいは病父のため、弟妹のため）泣く泣く身を売った。やがてはそんな境界《きょうがい》に馴れて無自覚になって行ったかもしれないけれど、そんな自分の身を恥ずかしいと思い、ひけ目を感じる気持ちはずーっと尾を引いていたと思います。大切なことは「心」の問題だと私は考えます。

大切なのは「精神」の強さ

欲望というものは際限なく膨張するもの。欲しいものを手に入れると、もっと欲しくなるものです。

「物を欲しがるやつは最低の人間だ」

と私はよく父からいわれました。その頃は各家庭によって、その家の、むつかしくいうと思想というか、家風というか、つまり家長の価値観というものがそれぞれありました。

「出世して人から仰ぎ見られるような人間になれ」という家風もあれば、「貧しくてもいい、平凡に、正直に生きよ」という家風もありました。私の父の価値観は、「物を欲しがるな」「見栄をはるな」「勇気を持って生きよ」「逃げるな」「妥協するな」というようなことでした。私は後に、夫の事業が失敗した時、借金を肩代わりして何年も返済に苦しむという羽目になりましたが、「借金の肩代わり」など（法律的にはする義務もないもの）をしてしまったのは、この父の教えのためだったと思いますよ。けれども、「勇気を持って生きよ」「逃げるな」というもう一方の教えのおかげで、その困苦を切り抜けることが出来たと思っています。

人生の困苦に際して力を持つものは、金でも名でもない。「精神」の強さだと思います。

「おもしろかった」といえる人生こそ

「あなたは楽天的でいいわね」
とよく人からいわれるけれど、そして自分でもそう思うけれど、楽天的になれたのは物や金への執着や欲望がなかったからではないかしら。そうしてそれを私に植えつけてくれたのは父の教えだったような気がしています。

二十歳の時（戦争の真っただ中）に結婚をし、それが破れて一人で生きなければならなくなった時に、お前のような我儘《わがまま》な変わり者はもの書きになるしかない、と母がいいました。職に就いて組織の中に入れば、必ず協調出来なくて迷惑をかけて喧嘩《けんか》して辞めるということになるだろう。ものの書きであれば、一人でする仕事だから誰にも迷惑をかけることがない。書いたものが売れなければ貧乏でいるだけのことだから……と私の母もまた思い切ったことをいう人でした。

そうして私は作家を目ざしたのでしたが、行く先は闇でしたね。才能も学識も素養も何もない私ですもの。やがてはのたれ死にかもしれないな、と思いながら売れない小説を書いていました。まず職を得て、生活の心配だけはないようにして、それから小説を書くというような常識が私にはなかったのです。

それでも私には「目ざすもの」がありましたから、元気でした。お金はなくても同じ目標の仲間がいましたしね。その仲間の一人と再婚したのが三十歳の時です。その夫の事業の失敗で、先に述べた借金肩代わりのための苦闘の年月があったのです。

そうして七十八年生きて来て、いやあ、もの凄《すご》い波瀾《はらん》を越えてきたなァと改めて思いますが、あの波瀾があったおかげで、たいして素養のない私が、なんとか作家といわれるものになれたような気がします。

「いやァ、おもしろかった……」

そういって人生を終わる――それが幸福というものだと私は思っています。

私の座右の言葉⑦

欲がなければ一切足る、
求めるところあれば万事窮す。

（良寛）

想像力が大事

ある時、私の読者だという人から手紙が来た。その人は高校時代から出版社のS社に入社したいという希望に燃えていて、そのために必死で勉強してきたという人である。

もともと勉強は嫌いな方だったが、S社に入りたい一心で必死の勉強をして大学へ入った。そうして念願のS社の入社試験を受けた。一次はパスして、二次の面接の時、試験官は彼女の履歴書を見ながら「あなたは卒論に佐藤愛子を選んでいるが、佐藤愛子を好きなのか」、と訊《き》いた。

「はい、大好きです」

彼女がそう答えると、試験官は言下にいったそうだ。

「こりゃダメだ。協調性がない！」

あわれ、彼女の夢は佐藤愛子のために潰れたのである。

彼女は悲嘆の涙にくれて私にその手紙を書いてきたのだが、私はS社の考え方、「ごもっとも」という気持ちだった。協調性のない人間が組織の中に入ると組織は円滑に機能しない。だからもっともだと私は思うのである（但し、佐藤愛子を愛読しているからといって協調性がないと断定するのは、いささか短絡的ではないかと思うが）。

私は欠点の多い人間で、協調性がないばかりでなく、面倒くさがりの怒りんぼう、相手かまわずいいたいことをいい、無愛想で常識を無視し、猪《ちょ》突猛進《とつもうしん》である。

その私に当編集部は「人づき合いをよくするための性格について」何か

書くようにと注文してきた。人づき合いの下手な私にわざわざそんな依頼をしてきたということは、もしかしたら編集部はこの私に反省の機会を与えようとしているのかもしれない。

白状すると、私は今まで「人づき合いをよくするためにこんな性格になろう」などと考えたことがなかった。人に好かれようとしたこともない。欠点多い自分を知らないわけではなかった。それらの欠点のために人々の誤解、無理解の渦の中を生きざるを得なかった。だがそれは自分が悪いのだからしようがないことだと考えて、誤解、無理解に抵抗しようとせずにそのまま受け入れてきた。誤解を解くために努力しようとも思わないし、誤解している人を恨むこともしない。

「しかたない」と思ってきた。

「しかたない」と思ってテンとしているところが、私の大欠点で、「こりゃダメだ。協調性がない！」とS社の試験官を叫ばせるゆえんなのであろうが、私は「ありのままの自分」を正直に見せる生き方しか出来ない不器用な、というよりどうしようもない人間なのである。

「私はどうしてこんなにいやな性質なのかと情けなくなります。どうしたら人とうまくつき合うことが出来るのでしょう。どうしたら好かれるのでしょう。好かれようと思って、愛想をふりまいたり、冗談をいったりしてみるのですが、そうすればするほど嫌われていくのです」

そういう相談を受けることが時々ある。「私ってどうしてこんなにいやな性質なんでしょう」といわれても、そういう相談は手紙であるから、その「いやな性質」とはどんなものなのか、私にはわからない。「友達が出来ない」というけれど、友達の方でその人を嫌っているのではなく、その人の意識が邪魔をして（自分で自分を縛っていて）、「嫌われている」と思いこんでいるために誰とも親しくなれないのかもしれない。「性質がいや」なのではなく、その「思いこみ」の方に問題がありはしないか。

職場の人気者A子さんという明るく無邪気でみんなに好かれている人がいるが、その人のようになりたい、という。

「なりたい」といっても、そう簡単になれるわけがないのである。人にはそれぞれ生まれつき持っている性質というものがある。それから親の教育、生活環境で身についてしまった性格もあるだろう。それは生活の中でいつとはなしに身についていくものであって、広い意味で個性といわれるものである。

明るくて無邪気な人が人から好かれているから、自分もそうなりたいと無理して冗談をいったり愛想をふりまいたりしても逆効果になってしまうのは、それが彼女にとっての「自然」でないからである。無理はいけない。技巧は鼻につく。その人にとっての最も自然な姿、ありのままを磨くのが一番早道なのだと私は考える。

「人づき合い」をよくしたいといっても、一般向きの「人づき合いのよさ」と友達として「愛され信頼される」つき合いとがある。

やたらに明るく無邪気で、気軽で気ばたらきのある娘さんは、間違いなく多くの人に好かれるだろう。だがそれが何だというのだ、と私は思う。多くの人に好かれることと、少数の人だが信頼してくれる人がいるということと、どっちに価値があるだろう？　自分にない明るさ無邪気さを無理やりに作るよりも、自分の持ち前の性格を伸ばす方へ考えを持って行った方がいい。短所を長所へと持って行くのだ。あの人はちょっと見にはとっつきにくい人だけれど、仕事は熱心よとか、思慮深くて沈着よとか、親切な人よとか、人への思いやりのある人よとか。

　そういうことなら努力すれば達成出来る。自分にその要素のないものに向かって努力するのは無駄なアガキというものであろう。

　協調性の持てない私は、自分の自我の強さを「苦労を引っかぶって元気よく生きる」という方向へ持っていった。したくない、しない、いいたいことをいわずにはいられないという我《わ》が儘《まま》を、「正直」という美徳（人によっては正直は悪徳というかもしれないが）の方へ引っぱった。

　人々は私の我が儘や激怒症やにくまれ口に閉口しながらも、私が正直であること、心にないことはいわぬ人間であることだけは認めてくれるようになった。

「ほかの人が書いたなら、こんなことウソだ、と思うかもしれませんが、佐藤さんが書いているので、本当なんだろうと思いました」

という読者の手紙を読む時、私はとても嬉《うれ》しい。

私は私の欠点を引きずりながら誠心誠意生きてきた。怒る時も、にくまれ口を叩く時でさえ、誠心誠意怒り、にくまれ口を叩いた。

そう生きるしか、ほかに出来ることがないからそうしてきたのである。

この頃、人づき合いのむつかしさを知って、自分の性質を気にする人が増えてきているそうだ。だが人間には相性というものがある。すべてに調子のいい明るい人が好きな人もいれば、あんまり調子をよくされると疲れる、という私のような者もいる。肝腎なことは暗い性格を明るくしようと努力することではなく、例えば「この人はどんなことが好きでどんなことを苦痛に思う人か」を考えることだと私は思う。

道を訊《たず》ねられて教える時、「この人にはこういういい方でわかるだろうか」と配慮しながら教えることである。若い人に教えるのと老人に教えるのとでは教え方が違う筈《はず》だ。その老人が街を歩くのに馴れている人か、そうでない人かも考える。

つまり大事なのは想像力であり心配りである。たとえ無口でおしゃべり下手であっても熱心に人の話を聞けばいい。そうすれば話している人は満足する。

そういうことは性質とは関係なく出来ることで、自分の性質のいやさを分析して歎くよりも、他人に配慮する努力をすればそれでよろしいのである。

私の座右の言葉⑧

「ほかの人が書いたなら、こんなことウソだ、
と思うかもしれませんが、
佐藤さんが書いているので、
本当なんだろうと思いました」

（ある読者の手紙）

タロウの過去

　タロウは中型の赤犬である。短毛で尻尾《しっぽ》の先と足先だけ白く、顔は紀州犬に似ている。年は幾つかわからない。オスである。

　タロウが我が家へ来てから、およそ五年になる。娘が飼犬のチビを連れてお使いに行き、帰ろうとしたら一緒についてきた。そのうち出ていくだろうと思っていたら、出ていかない。出ていってもまた戻ってきて門の前に坐《すわ》っていた。そのときからタロウはこの家を自分の家だと思い決めたようである。人の出入りと一緒に勝手に出たり入ったりしているので、近所の人は我が家の飼犬だと思い込んで、文句の電話がかかってきた。

「お宅はいったい何を考えてるんですか。この節、犬を放し飼いにしている家なんかどこにもありませんよ！　近所迷惑ってことがわからないんですか！」

名を名乗らない電話だから、遠慮会釈もないいい方である。近所も我が家の犬だと思い、犬自身もその気になっている様子で、いつか彼は我が家の飼犬になった。飼犬になった以上、名前が必要なので、とりあえずいい加減にタロウと呼ぶことになった。その名をつけたのはその頃働いていた家事手伝いの娘だったと思う。

私は束縛されるのがいやな人間である。いつも出来るだけ自由でいたい。自分が自由でいたいだけでなく、まわりの人も自由でいてほしい。犬を鎖で縛ることをしないのは、それを見るのが辛《つら》いからだ。チビは生まれて三カ月目に娘がどこからか貰《もら》ってきたスピッツ系の雑種だが、このチビという名も誰かがとりあえずつけて、成長してチビでなくなった今もそのままチビだ。

私の家は築後三十二年のボロ家だが、庭がいくらかあるので犬は自由にしている。二匹して前庭から裏庭へと元気よく駆《か》け抜けている姿を見るのが嬉《うれ》しい。

チビはメス犬である。そのためか二匹は喧嘩《けんか》をしたことはない。しかしチビはタロウをうさん臭《くさ》い奴《やつ》だと思い、内心邪魔者あつかいしていることは確かだ。私が庭へ出ていくと二匹が寄ってくるが、そんなとき、チビはタロウを押しのけ、私の手がタロウに届かぬように私に乗りかかってくる。飯を与えると自分の分は後廻《あとまわ》しにして、タロウの分から食べはじめる。それでも喧嘩にならないのは、タロウがおとなしく譲っているからで、それを見た人はタロウは身のほどをわきまえている賢い犬だという。

しかしいや、賢いというより、これはノンキなだけでしょうという人もいる。

タロウは庭に穴を掘る。幾つも幾つも掘る。植木屋がきて、タロウ、なんで穴ばかり掘るんだ、と怒りながら一所懸命に穴を埋めている後ろで、せっせと次の穴を掘っている。タロウが考えていることは、穴を掘ることとチリ紙交換の呼声《よびごえ》と一緒に遠吠《とおぼ》えすることと、そうして表へ出ることで、裏庭にいても表の勝手口のチャイムが鳴る音を聞くと一目散に走って行って、戸を開けた途端に走り出してしまう。そんなに外が好きなら、戻ってきなさんな、と私は怒るが、暫《しばら》くすると誰かと一緒に入ってきたとみえて裏庭に寝そべっているのだ。

「いったいお前はどこから来たの！」

私はときどき、タロウに話しかける。話しかけるとタロウは「おて」をする。誰にいつ、それを習ったのか。どんな家のどんな所に寝ていたのか。どんな飼い主だったのか。捨てられたのか。誰かにつかまって、そこから逃げてきたのか。もし道で私の娘と行き会わなければ、野良犬となって夜は道端で眠り、食物を捜してウロウロしているところだろう。

「運のいい犬ですねぇ」

と人はいい、

「タロウ、ご恩を忘れるんじゃないよ。いつか必ず恩返しをするんだよ」

と私はいいきかせるが、タロウはどこ吹く風といった顔でカマボコの板を齧《かじ》っている。寒くなってきたので、タロウにもチビと同じ犬小屋を買ってやったが、タロウは入らない。どんな寒い夜、雪の日でも玄関脇《わき》の庇《ひさし》の下の地面を掘ってそこに丸まっている。無理に小屋へ入れようとすると、必死で抵抗する。そんなとき、タロウの過去が透絵《すかしえ》のように見えてくるような気がするが、それだけのことで、それ以上は何もわからない。

誰もいない静かな午後、私が机に向かっていると、異様な唸《うな》り声が聞えてくることがある。唸り声の合間に悲しげに鼻を鳴らす音や悲鳴が混じる。タロウがうなされているのである。

「犬もやっぱり夢を見るんですね」

と家事手伝いの人がいった。タロウは始終、眠ってはうなされているのだ。

「タロウ、お前はどんな辛いことがあったの？」

と私はタロウに訊《き》く。だがタロウはただ、太い大きな前脚を不器用につき出して「おて」をするだけなのである。

美しいことだけ憶えていればいい

昭和二十八年頃のこと、私が聖ルカ病院の庶務課で働いていた時のことである。当時の聖ルカ病院は米軍に接収されていたため、病院脇《わき》の木造二階建ての粗末な建物が入院患者の病室として使用されていた。玄関のガラス扉を押して入ると、すぐ前にカウンターがあり、受付の後ろに庶務課、人事課などの机が並んでいる。私はその机の一つに向かって、一日中、そろばんを弾《はじ》いていたのだ。といっても金の計算ではない。各月の各科の外来患者数とか、入院患者数の計算を出していたのである。要するにさして重大ではない仕事を当てがわれていたのだ。

そんなある日、正面のガラス扉が乱暴に開き、廊下がガタガタと鳴って誰かが走って来たと思うと、カウンターの向こうに大きな丸い女の顔が現れた。

「おシッコ場どこ？　おシッコ場――」

いきなり大声がして、びっくりして立ち上がった受付の女の子がとっさに人さし指で指し示した方向へ、その人はなりふりかまわぬという格好でガタガタと走って行った。

あの人、誰？　というまでもなく、沢田美喜であることはその平べったい大きな丸顔ですぐにわかった。

「いやぁ、いかにも沢田さんらしいな」

と庶務課長がいう声が聞こえ、その場に居合わせた者が一斉に笑い声を上げたことを憶えている。

昭和二十八年といえば、沢田美喜がエリザベス・サンダース・ホームを創立して五年目、基金募集のためにアメリカやヨーロッパを飛び廻っていた頃である。年譜によると二十八年のこの年、美喜はサンダース・ホームに収容した日米混血児たちのために学校を創立している。まさに獅子奮迅《ししふんじん》といった格好で誤解や中傷を踏み越えて寄附金集めに駆《か》け廻っていた時代である。

「おシッコ場はどこ？　おシッコ場は」

というあけすけな性急な、なりふりかまわぬいい方の中には、今、戦いの最中《さなか》にある人の捨て身の活力が漲《みなぎ》っている——私はそう感じた。しかもその人は日本の財閥岩崎弥太郎の長子、久弥の長女として生まれ育った人だ。

「おシッコ場」などという言葉から遥《はる》かに縁遠い育ち方をした人である。

上流社会において常識とされていること、礼儀とされていることなど、私のような野人にわかるすべはないが、少なくとも沢田美喜という人はそれらに逆らって生きた、少なくとも今、そう生きつつある人だと思われた。人の思惑など蹴飛ばして、ありのままに、己れの信じる道をガムシャラに生きている人だと思われた。

それほど「おシッコ場」という言葉、そしてその場に向かって靴音を立てて走って行った彼女の、腕白小僧のような無邪気な勢いは私に強い印象を残したのである。魅せられたというよりは、私は強い羨望《せんぼう》をもって、再び「おシッコ場」から戻って来て、

「サヨナラ」

と手を上げてガラス扉の外に消えて行った沢田美喜の後ろ姿を見送ったのだった。

る。

敗戦の焼土の中から

沢田美喜の自伝『黒い肌と白い心』に三歳の時のことがこう書かれている。

「母の里の保科家に行ったとき、古い女中さんでもう三代につかえている人が、私の顔をつくづく眺めて言いました。『まあ、おかわいそうに、お母さまのお小さいときよりはずっとお落ちになる……』

母方の祖母は美しい人で、絵草紙などにもなったということです。いずれもみやびた人々の中で、私は〝梅ケ谷《うめがたに》〟(大相撲の力士の名前)の力を出してみせてしまいました。祖母が大切にしていた丸ッ子の金魚を、手の中につかんでグッとにぎりつぶしてしまったのです。そのうえ、名古屋チンの前足を折ってしまいました。

『どうぞもうお美喜は連れてこないで……』

といわれたことがかすかに記憶の中に残っています。……（中略）

小学校の頃はよく妹とけんかになりました。からだのかぼそい、やさしい心の妹をいつも母はかばって叱られるのは私でした。ことに母は、私が妹の部屋に入ってけんかを始めたときは、どんなに私の方が正しくとも妹の味方をします……」

もの心がついて行くに従って、美喜は一族のもてあまし者になって行く。年頃になって縁談が持ち込まれ、見合いに引っぱり出される。園遊会での見合いでは、シュークリームを口いっぱいほおばって、いきなりぴゅーッと吹き出してみせたり、帝劇での見合いの時はボックスの座席にそっくり返ってグウグウ眠ってしまう。

「私が華族をきらったのは、祖先の栄光と地位を、それにふさわしくない子孫たちがかさにきて、そっくり返っているのがたまらなくいやだったからです」

と美喜は書いている。

そうはいうものの、彼女の現実の生活は、やはり祖父の力で築かれた富と権力によって守られているものであることに変わりはないのである。やがて外交官沢田廉三と結婚し、外国生活がつづくが、その時の彼女の贅沢三昧は今でも語り草になっているほどである。

もしも日本が戦争に負けなかったら、沢田美喜は、ただ我が儘《わまま》で女らしくなく、常識外れの困りもの、変わりものとして人の批判を浴びるだけで終わっただろう。日本の敗戦、財閥解体が彼女に新しい人生を与えた。敗戦の焼土のそここに、アメリカ兵と日本の女との間に生まれた嬰児《えいじ》の屍《し》体《たい》を見たことから、彼女の人生は始まった。

まず二人の混血児を引き取ったことから始まってエリザベス・サンダース・ホームが開設され、三十二年の間に約二千人の混血児が育てられた。ホームを継続するため、あるいは設備を整えるため、小学校や中学校を設計するため、アメリカ人との養子縁組を実現するため、成長した子供たちの将来を考えてブラジルに農園を持つための苦闘がつづいた。

アメリカ兵の行為の結果はアメリカに責任を負わせるべきだという考えのもとに、彼女は寄附金を集めにアメリカ全土を廻った。米軍総司令部に足を運んでは要求をつきつけて、将校と喧嘩《けんか》することも再三あった。

「相手はけしきばんで灰皿に手をかけました。私は瞬間、これを防ぐためにどうしてやろうかと考えました。靴を脱いで、投げつけようかと思いました」

と美喜は当時を述懐して書いている。その時、非常訓練のための非常ベルが鳴り響いて、喧嘩の二人はそのまま外に走り出たので、喧嘩は「引き分け」になったということである。

占領軍の将校に対しては、日本の政治家も官憲もすべてが汲々《きゅうきゅう》として平伏していた時代である。その時代に女に向かって灰皿に手をかけるほどに相手を怒らせた美喜の猛勇に私は驚かずにはいられない。

ある日、私は『子供たちは七つの海を越えた』というテレビ番組を見た。それはエリザベス・サンダース・ホームを卒園して成人した混血児たちの姿を追ったものである。一人の黒人の混血青年が、アメリカのある町の公園のベンチでカメラに向かって昔を語っている。そこへ沢田美喜が向こうから悠然と歩いて来る。混血青年は驚いて立ち上がり、沢田美喜に駆け寄って抱き合い、そうしてこらえきれず泣き出す。

青年を抱いた沢田美喜の表情は動かない。堂々として動かない表情のまま、彼女は笑顔で青年にいった。

「悲しいことは忘れなさい。人生は美しいことだけ憶えていればいい」

その時、私は沢田美喜のその動かぬ表情の下に、積み重なっている苦闘の歳月を見た思いがした。そして彼女の驀進力《ばくしんりょく》は、かつて彼女の欠点とされていたものから出ていたことを思った。ある環境の中では欠点であったものが、ある環境では美点に働く。エリザベス・サンダース・ホームによって沢田美喜は大いなる欠点を美点に切り替えた。それが出来る人、出来る人生を私は素晴らしいと思う。

私の座右の言葉⑨

人生は美しいことだけ憶えていればいい。

（沢田美喜…エリザベス・サンダース・ホーム創設者）

ものたちを愛そう

子供の頃の懐かしい思い出の中に、町を行くもの売りや修繕屋の呼び声がある。例えば、

「かさア、こうもり傘、修繕！」

と呼ぶ声や、

「鋳《い》かけエ、鋳かけ！」

のほかに靴直し、下駄の歯入れ、庖丁《ほうちょう》、鋏《はさみ》の研《と》ぎ屋、キセルに溜まったヤニを通す羅宇《ラウ》屋などが、ひる下がりの町を懶《ものう》げな声を上げながら歩いたものである。

それは季節季節の風物詩の面白さを添えると同時に、私たちのつましい生活を助けてくれる人たちであった。その人たちのおかげで私たちは一足の下駄、一丁の庖丁をとことんまで使い切ることが出来た。ヤカンや鍋は手のツルを巻き替えたり、穴をハンダづけで塞いでもらったりして、十年でも二十年でも使える限り使ったものである。

そんな暮らしの中で育った私には、使い古したでこぼこの鍋、黒く煤《すす》けたヤカンなどどうしても捨てる気にならない。それで我が家には錆《さ》びた植木鋏やノコギリや、柄の取れた庖丁やハンパになった瀬戸物が山のようになっている。

「ああ、鋳かけ屋さんがいたらなア」

と私はよく思う。

「昔はこうもり傘修繕といってよく来たものだったけどねえ」

と歎息《たんそく》して、手にした壊れた傘を捨てかねているのである。新しい物を買わず、ものを大切に使い、倹約の生活をしよう、と思っても、思うばかりで実際にはかくのごとくに困難を伴うのである。

節約と創造《クリエイト》の喜び

私は時どき、

「ああ、おばあちゃんがいたら……」

と亡き母を思い出す。草履《ぞうり》の前緒《はなお》が切れた時など、私の母は本職はだしの手際で直した。母は決してものを捨てることをしない人だったので、私にもその癖がしみ込んでいる。ただ母はものを捨てずに直して活用する才能を持っていたが、私にはそれがない。そこで私はただガラクタの山に埋もれて歎息するばかりなのである。

私がもう少し器用な手さきを持っていたならば、毎日の暮らしにどんなにか楽しさが増えるのに、と私はよく思う。女というものは元来ケチである筈《はず》なので、使えなくなったものを工夫してまた使えるようにした時の喜びというものはひとしおのものではないかと思う。それは新しいものを買った時の喜びとはまた違った喜びで、大仰にいうならば節約の喜びのほかに創造の喜びがあるといえるだろう。

そんな才能がなくて、しかもものを捨てることが嫌いな私は、買物をする時、出来るだけよいものを買うことにしている。よいものは値段が張るが、同時に長モチもする。高価なものだと思うと自然、大事に使うからである。

私の家の家具は殆どが親から受け継いだものである。箪笥《たんす》、茶箪笥、応接セット、書きもの机、本棚、食器棚――どの家具も私の少女時代からの馴染みのものたちである。少なくとも三十年から四十年は使っている。母が大切に使ったので、それだけもった。

「これは上等なんやで。高いもんやで」

といいつつ、母が丁寧にカラ布巾《ふきん》をかけていたので、自然、私も大切に使わなければ、という気になった。年月を重ねるに従って、「上等」「高いもの」という観念の上に、愛着が加わっていくようになった。その中には幼い頃への郷愁があり、また「よくぞここまで生きのびてくれました」という感動がある。私はこの愛着を私の娘にも伝えたいものだと思っている。

捨てるにも捨て方がある

今は使い捨ての時代といわれ、いかに上手に捨てることが出来るかが日常生活を快適にするという風に考えられている。そういう暮らしの中で育ってきた人たちは、「ものを捨てるのは悪徳」と教えられて育った私などの年代の者よりも、サバサバスッキリと生活しているように見える。

道端のゴミ捨て場にうず高く積み上げられた古自転車や古机や古トランクなどを見ると、私は思わず眼を背《そむ》けてしまう。私のようなケチな人間はむごたらしく捨てられているものたちを見ると胸のへんがキリキリと痛むのである。

使い捨て時代の捨て方に馴れると、それにつれて人の心からもだんだんいろんな情緒感情が切り捨てられていくのではないだろうか。

捨てるにも捨て方がある。その捨て方が次第にむごたらしくなっていっているのを見るにつけ、ものに対する愛着を捨てるということから、少しずつ人間はきめの細かな心を失っていくような気がしてならぬのである。

「ああ、面白かった」と言える人生を

ある日、自宅の居間に座ってぼんやり庭をながめていた時のこと。突然、「佐藤さんは九十歳までは生きます」という古神道の先生の言葉を思い出しました。

あれ、今、私はいくつだっけ？　と数えれば、しまった、もう八十八歳じゃないですか。こうしちゃいられない！　あと二年、最後にやり残した宿題を終えてから死にたいと書き始めたのが『晩鐘《ばんしょう》』（文藝春秋）でした。実際には二年とちょっとかかって、書き上げたのは九十一歳の時。しぶとく生きていましたね（笑）。

書いて、書いて、書きまくった

書いたのは、かつて私の夫だった男（『晩鐘』のなかでは畑中辰彦。文学を志すも後に実業家に転身。その事業に失敗し、二億円をこえる莫大な負債を負う）のこと。ヘンな人でした。まわりには「あいつのせいで人生をボロボロにされた」と言う人もいれば、「あんなに公平でやさしい男はいない」と褒《ほ》めちぎる人もいる。矛盾を抱えた男でした。

私もきりきり舞いさせられました。たとえば離婚した時もそう。彼の会社が倒産して、妻である私のところにまで借金取りが押しかけないようにと、偽装離婚をもちかけられた。一時的なことだと了承して籍を抜いたら、なんと直後に、別の女の籍をスイッと入れてしまったんです。最初から「他の女と結婚したい」だなんて言えば、スッタモンダするに決まってる。だから、女房を気づかうふりをして騙《だま》したの。そういう悪知恵が働くんですよ、辰彦という男は。

離婚はしたものの、結局、借金の一部は、私が肩代わりしました。法律では、夫の負債を妻が背負う必要はない。そう言われたって、目の前に困り果てた債権者が現れればしょうがない。離婚したのは私が四十三歳の時で、翌年、直木賞をいただいた。おかげで仕事の注文も順調に入ったから、返済にあてることもできました。書いて書いて書きまくった。けれど、原稿料は右から左へ素通りでした。

そのうち、借金取りがやってくると、よく考えもせず片っ端から署名して判子を押すようになりました。どんなに困っているかクドクド説明されるのも、罵倒されるのも面倒くさいの。悪いのはこっちとわかってるんだから、「払やいいんでしょ。もってけ、ドロボー！」という感じ（笑）。勢いがついたら止まらないのが、私の悪いくせなんですよ。

辰彦のほうはといえば、たいして悪びれもせず、離婚した後も平然とわが家へ上がりこむ。つくづくヘンテコな男でした。その彼も、七年前に死んでいった。いったい彼は〝何者〟だったのか。幸せだったのか、不幸だったのか。書くことで辰彦という人間を理解したいというのが、私がやり残した宿題だったわけです。

他人を理解することなどできない、受け入れるのみ

けれど、人を理解するなど、そう簡単にできることじゃないんですね。『晩鐘』を読んでくださった方からは、時々言われます。「辰彦のことをあんなに悪し様《あざま》に書いているけれど、結局、佐藤さんは彼を愛していたんですね」と。そう言われると、私、腹が立つんです。愛もへったくれもな

い。だって私が借金を肩代わりしたのは辰彦のためじゃない。お金を貸してくれた人のためなんです。なぜそれがわからぬかッ、と。結局、私自身も人には理解されないわけです。

まあ、偉そうなことは言えません。理解されないのは、小説家としての私の筆が至らなかったせいかもしれません。それに、そもそも、私は世間と感覚がズレているんです。

出す必要のない金でも、出し惜しみするのが恥ずかしい。金に執着するのが恥ずかしい。相手を追い返すのと自分が身銭を切るのとではどちらが気がラクかといえば、払うほうがラク、と、そういう性分なんですね。決して「困っている人を救いたい」なんて立派な考えがあるわけじゃない。追い返せば自分が傷つくから、できないだけなんですよ。私も相当ヘンでしょう。それを理解しろというほうが無理なんですね。

辰彦についても同じです。わけのわからん男だった。しかし、わからないのが人間です。近頃は、「あんな人、こんな人」とすぐに人を鋳型にはめて納得しようとする傾向があるけれど、そんな簡単なものじゃない。彼を理解しようと書き始めた小説ですが、書いているうちにわかりました。相手がどんな人間であれ、理解するのではなく、ただ受け入れるしかないのだと。元夫や文学仲間……。身近な人は次々と死んでいきました。どの人もみな、一生懸命に生きた。それでいい。小説を書き終えた今は、ただその事実を前に、頭を下げる気持ちしかありません。

借金ですか？　全部返し終えたのはいつだったかしら。はっきりとはわからないんですよ。自動的に引き落とされるようになっていたので。空っぽの預金通帳を見るのは気分が悪いでしょう。だから、ずっと放ったらかし。ところが、ある日見てみたら、なんと一千万円も貯まってるじゃないですか！　わが目を疑うとはこのことね。あといくら返せばいいのか自覚しないまま、がむしゃらに戦った。けれど、実はとっくに終わっていたんですね。この家だって四番抵当まで入っていたのに、いつの間にか抵当が抜けていた。誰が手続きしたのかしら、不思議ね（笑）。

この世で起こることは、すべて修行

『晩鐘』を書き終えたら、もう書きたいこともなくなりました。けれど、これまで韋駄天《いだてん》走りに走り続けてきた私のような人間は、突然ヒマになるとだめね。以前なら朝目がさめれば、「きょうはあれを書いて、これをして」と予定を頭に浮かべて、シャキッと起き上がっていたのが、このまま寝ていてもかまわないのだと思うとボンヤリしてしまう。多分あれは〝うつ〟の一種でしょうね。しばらく具合が悪いこともありました。

その後、週刊誌のエッセイの連載なども引き受けて、今はおかげさまでなんとか元気。先日も講演会に呼んでいただいたのだけれど、ステージに出ただけで会場がどよめいた。べつに私が人気者だからじゃないんですよ。

九十過ぎたばあさんは、普通もっとしずしずと出てくるものとみなさん思っていたのでしょう。ところが、私がタッタッタッと威勢よく歩いてきたからびっくりしちゃったんじゃないですか（笑）。

もう九十二歳ですからね。本当を言えば、あちこちガタがきましたよ。昔はよく着物を着ましたが、それもつらくなりました。けれど根がせっかちなんですね。表に出れば、いつものくせでつい早足になる。郵便局やなんかへ行くのもダーッと急いでは、ハッハッハッと息を切らしてる。昔のようなつもりでいても、体はついてきませんね。健診を受けたら、「どこも悪いところはありません」と医者は言う。けれど、数値には表れない老いの変化は日々感じます。

衰えないのは憤怒《ふんぬ》の炎くらいでしょうか。いたずら電話などかかってこようものなら、どう懲らしめてやろうかと、がぜんファイトがわく(笑)。最近は、押し売りならぬ押し買いというのが横行してるでしょう。「不要品なら何でも引き取ります」と電話では言うくせに、実際家に来ると「古本はダメ、ボロ万年筆はちょっと……」と難癖つけて引き取らない。その代わり、貴金属を安い値段で買いたたこうとするんですね。

こういう輩《やから》も、私はまず受け入れるんです。「よし、いらっしゃい」と手ぐすねひいて待っていて、「電話では何でも引き取ると言ったではないか。ウソを言ったのですかッ！」と徹底的に追い詰める。この間も、「勘弁してください」と逃げ腰になった相手に、無理やり古本一冊持っていかせたの。次は振り込め詐欺の電話でもかかってこないかしら。やっつけてやるのに（笑）。

怒っていれば元気。こういうところは完全に佐藤の一族の遺伝子ですね。父、紅緑《こうろく》（作家）もそうでした。その荒ぶる血は、子どものなかでも私がもっとも色濃く受け継いでしまったようです。

波瀾《はらん》に明け暮れた人生でした。でも、苦労したとは思いません。元亭主にだって、恨みつらみも何もない。この世で起こることは、すべて修行だと思えばいい。力一杯生きて、「ああ、面白かった」と言って死ねれば、それがいちばんじゃありませんか。

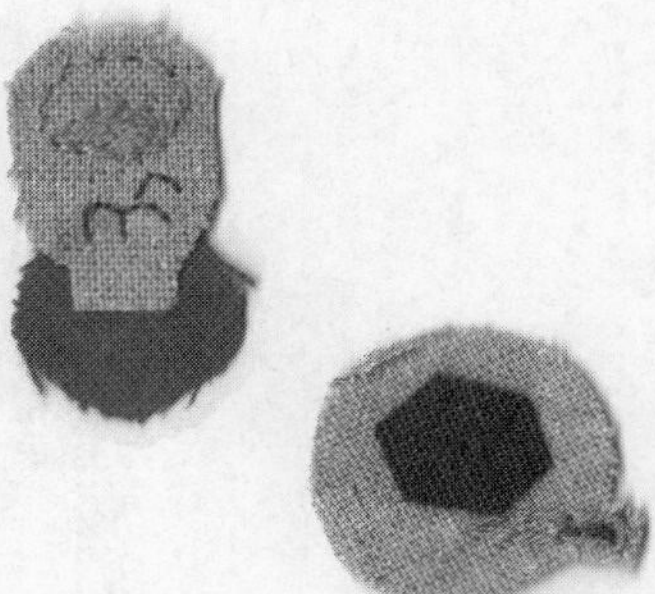

過ぎし日、六十六歳同士の対談

今の幸せ 昔の幸せ

（月刊誌「ＰＨＰ」一九九〇年一月号掲載）

お相手 遠藤周作氏（作家）

何が不幸で何が幸せ

遠藤　一人娘の響子ちゃんが結婚して、肩の荷がおりたんじゃない？

佐藤　もうホッとしたわ。さみしいだろうと言われるけど、やれやれという感じの方が強いわね。

遠藤　息子が嫁さんをなかなかもらわなくても、親はそんなにどうのこうのと思わないけど、娘だったらやっぱりそんな気持ちになるんだろうね。

しかし、高いでしょう、いまの結婚式というのは。ホテル産業の中で結婚式は重大な要素を占めておるんだなあ。幸せというのは、本当に犠牲を要しますねえ（笑）。

佐藤　本当はこぢんまりとやりたかったけれど、これぱかしは相手方もあることだしねえ。しまいには意地になって、ホテルを儲《もう》けさせないために金屏風《きんびょうぶ》使うのやめるとか……（笑）。

遠藤　普通の家庭だったら、娘三人いたら破産するぜ。わが子のためと思って、ついほだされて金出しちゃうからね。

佐藤　一生に一遍のことだからと人は言うけれど、二遍か三遍かわからんじゃないですか（笑）。自分のことを考えると……。

遠藤　そろそろきょうのテーマを思い出して、幸せについての話をしてよ（笑）。

佐藤　何々についてという話は苦手なのよ。それに、幸せかどうかっていうのは、最後に出てくることであって、はじめから云々《うんぬん》するのは無理ですよ。

遠藤　今年いくつになった？

佐藤　えっ、歳《とし》？　この十一月五日で満六十六歳になったけど……。

遠藤　あ、そうか、僕より半年歳下だったよな。六十六か、あんたも……。

佐藤　そう、六十六。だけど私ね、いままで倒産したり最初の夫がモルヒネ中毒だったり、まあ夫のモルヒネではちょっと参ったかな、他にもいろいろあったけれど、自分が不幸だなんて思ったことないの。倒産のときは、これをしさえすればそこから抜け出られるということで日々頑張って、むしろ生き生きして元気あったなと思うわ。

遠藤　六十六歳になったいまでも、衰えていませんぜ、あんたは(笑)。

佐藤　次から次に波瀾《はらん》があって、死ぬときは、ああ、面白かったなあ、と思うんじゃないかな。

遠藤　小説家というのは、幸福に対しても、不幸に対しても、ある意味で自由でいられるということがあるね。普通の人間だったらその渦中に入っちゃうけど、小説の材料に使えるだろうかなんて考えするからね。

佐藤　ああ、そうね。で、滅びるときも、自分一人で滅びればいいんだし……。

遠藤　しかし、われわれの世代はドラマティックな時代に生まれ育ったもんだね。多くの人の死とか、いろんなことを見てきたから、ちょっとやそっとの不幸なんて、あんまり不幸やなんて思わんようになってしもうた。見るべきほどのものは見つ、なんて言葉あるけど、そんな感じがあるなあ。

佐藤　そう。

遠藤　だから、幸せについて何か話をせよと言われても困るんだけど、言えることは、何ごとにもプラス面とマイナス面があるということだね。死体の山を見たりひもじかったりしたのは、あまり幸せなこととは言えないけれど、それによってかえって生き生きとした緊張感をもって生きることができたし、いまのようにものがあり余っている時代は幸せのように見えるけれども、必ずしもそうとばかりは言えない面がある。

まあしかし、何が不幸で何が幸福なんて、ひと口には定義づけられないんだけれども、歩道が真っ黒になるくらいに死体が並んでいる状態よりは、いまのほうがまだましだと思うね。

佐藤　そうね。だけど幸せの比べっこは、別に大して意味がないですよ。

遠藤　ただ、やっぱり自分の若いときといまの若い人のありようを比べちゃうことがある。俺《おれ》は腹すかせておったのに、こいつらは沢山食えてうらやましいなあ、とかね。

俺はいま十代だったら、竹の子族になって、原宿で日曜日に踊っていたな（笑）。オートバイにものっとるかな。勉強なんか真面目《まじめ》にしていなかった。

佐藤さんはどうやろ。佐藤さん、真面目やったな。

佐藤　あの時代は、真面目でなければいけなかったから真面目だったわけで……。

遠藤　誘ったら、竹の子族になって踊っておったかもしれない（笑）。

佐藤　それはそうだと思うわ。

あの頃私、岐阜県の嫁ぎ先で、舅《しゅうと》、姑《しゅうとめ》と一緒に毎日面白くない気分で暮らしていたんです。そこに終戦でしょう、目の前がパーッと払いとられたみたいだった。これから何でもできる世の中になったのに、私は嫁の身。ずうっとこのまま田舎の医者のうちの嫁さんでいるのかと思ったとき、ゾ、ゾーッとしたわ、夫のモルヒネ中毒とは別に。

遠藤　あんたは、現状に満足できん女なんですよ（笑）。しかし、終戦直後の一年か二年は、電気がつくようになったし、闇市《やみいち》に行けばものがあったし、何をしゃべってもいいし、俺の人生の中で幸せなときだった。

佐藤　ほんと。それまではあれも駄目これも駄目というのがいっぱいあったんですものね。それができるようになったんですから……。

遠藤　あんた、早う結婚したからいかんのや。

佐藤　そう。はたちで結婚したの。

遠藤　俺は当時まだ学生やからね。結婚してる人と学生とは全然ちがうのよ。それであんた、嫁ぎ先を逃げだしたんか。

佐藤　半年して、夫がモルヒネ中毒になって帰ってきたの。内地勤務だったからすぐ帰ってくるはずなのに半年も帰らなかったのは、東京にモルヒネをくれるお医者がいたからなんですよ。

遠藤　ご主人は何でモルヒネ中毒になったの。

佐藤　よくわからないのよ。腸閉塞《ちょうへいそく》かなんかになって、一時おさえに使ってそれがくせになったとかいうけれど、一緒に暮らしていないからわからない。中毒の人は嘘《うそ》ばっかり言いますからね。

年中損しているのが幸せのコツ

遠藤　東京へ来たのは？

佐藤　その後は千葉の柏の奥にある田中村というところでお百姓していたの。昭和二十一年の頃ね。

いまでも思い出すのは、私たちはお百姓だから鶏飼って卵もあったしおいもあったわけだけれど、東京の銀行員とかいわゆるインテリが、日曜日になるとリュックサック背負っておもらいに来たこと……。

遠藤　物々交換だろう？

佐藤　いや、そうじゃないの。おいもを一軒で一本ずつもらって、一日回れば二十本とか三十本になる。乞食《こじき》しているわけよ。そういう時代だった。

遠藤　でも、みんな多かれ少なかれ、同じようなことしてたからね、あの頃は。

佐藤　そうそう。

遠藤　あんた、野良仕事はあんまり上手じゃなかったでしょう。

佐藤　それがわりとちゃんとやっていた。麦踏みとか……。

遠藤　ああ、麦踏みやったの。よき嫁だったわけだ。

佐藤　戦争中、夫は航空本部で千葉に特殊ロケットの基地をつくる仕事をしていたんです。

敗戦になって、そこにいた軍人や軍属は、その基地を開墾して四年間耕作していたら、安く払い下げになることになっていたらしい。夫はその払い下げを受けていたのだけれど、私がそのことを知らないでいるうちに死んでしまった。

それから何年かして昭和四十年頃、うちが倒産する前、千葉県の土地の係から書類が来て、あなたの土地を一万二千円で買い上げるという。あとで聞いたらその土地、五百坪だか六百坪あったの。坪一万二千円じゃないのよ、全部で一万二千円。

遠藤　売ったんか。

佐藤　何や知らんけど、一万二千円でももらった方が得だと思った。何しろこっちは貧乏していたから。

遠藤　お前さんは馬鹿《ばか》よ（笑）。いま五百坪もっていたら、億万長者よ。

佐藤　そう。そのとき、土木課の人かな、あんなことなすっていいんですか、とわざわざ会いにやってきたのよ。何言ってるか、と私、そのときよくわからなかったんだけど。あとで聞くと当時でも坪四万はしていたらしい……。

遠藤　あんたが、自分はいつも幸せ、不幸と思ったことはないという理由は、いま如実に証明された（笑）。そんなことを平気でする人ですから、不幸になるはずがない。幸せな人と言うべきか、おめでたい人というべきか……（笑）。

佐藤　年中損ばっかりしていると、それに慣れっこになるでしょう。これ幸せのコツなの（笑）。

遠藤　さあ、どうだかな（笑）。しかし、あんたはたいてい損をしとるんじゃないか。株で損したとか、温泉つきマンション買ったけど熱いお湯が出るまでに五時間もかかるとか、気に入って手に入れた土地に幽霊が出たとか、断崖絶壁《だんがいぜっぺき》に家建てようとしてどうしたとか、他にもいろいろあるよね（笑）。

佐藤　あんまり言わないでよ（笑）。だけど、損することに慣れちゃうと、逆にその損した自分を面白く思うようになるのよ、ほんとに。だから私は常にハッピー（笑）。

遠藤　笑いもいろいろあって、泣き笑いという笑いもあるからね（笑）。まあ、われわれ友人も、そういう話聞いて、楽しませてもらっているけどね。

佐藤　人は、他人のことなら儲けた話より損した話の方を喜ぶものね。

遠藤　それはそうだ。阿川弘之なんか、「散歩しながら本屋をのぞいたけれど、お前の本、きのうから一冊も売れてなかった」って、わざわざ電話で知らせてくるものな（笑）。

それにしても、あんた、北杜夫と同じように、常時軽躁病《けいそうびょう》じゃないの

（笑）。

佐藤　遠藤さんは慢性……（笑）。

遠藤　そう。あんたもいつも何かしていないと駄目という躁病の気質がある。ただ、僕の場合は失敗しない確率が高く、あんたの場合はどうしてか不運に見舞われることが多い。そこが面白いところだね。どっちみち同じなんだと思うけれども……。

佐藤　そうよ。何が幸せだとか不幸せだとかというのは、その人の価値の問題だもの。それに、幸せだとか不幸せだとか、普段そういうことはいちいち考えないでみんな生きてるんじゃないかしら。

死ぬための修行が必要な時代

遠藤 ものすごくトイレに行きたいのを我慢してうちへ帰って来て、バタバタッとトイレに駆け込んで用が終わったとき、「ウーッ幸せ！」なんて……、そんなのでも幸せになれるんだ（笑）。

佐藤 ただ、いまの世の中、まだ自分の死が迫っているなんて思わないのに、コロリといきたいとか他人に迷惑かけないで死にたいとか、みんなどんなふうに死にたいか考えているでしょう。これ不幸だと思うわ。

昔の年寄りはそんなこと考えなかった。周囲の人に迷惑かけること平気だった。それだけ信頼関係があったということなんじゃない？

遠藤　寝る場所があったからだよ。この間、津軽の弘前《ひろさき》へ行ってええなあと思ったのは、家が広くて部屋数が多いこと。東京なんかじゃ、いくら老人が病院から家へ帰りたがっても、マンションなんかだと寝たきりにしておく部屋がないものね。

それともう一つ、昔は寿命で死んだんですよ。いまは寿命以上に生きるだろう？

しかもその六十％は他人の介助もしくは補助なしでは生きていけない状態にあるのです。

俺の父親、九十三になるんだけど、いま柿生《かきお》の老人病院に入っているの。

病室は右も左も開けっ放しになっているので見えちゃうんだけど、かつてはしかるべきことをされたお年寄りが、みんな手をベッドに括《くく》りつけられたりして、失礼な言い方だけれども無気力な顔で、見舞いに行く俺の顔を見ている。親父《おやじ》もそう。

二週間位様子を見ていてあまりアレだから、院長がいかんというのを無理に、車に乗せてうちへ連れて帰ったの。そして、ようなったらまたここへ帰れるのだと言って病院へ戻したのだけれど、その翌日からどんどんよくなるんだ。よくなればうちへ帰れるという一つの目的意識ができたんだね。

京大の河合隼雄教授にこの話をしたら、年とってからの移動は絶対にいけないという。老人は環境に適応性がなくなっていて、もし環境が変わったりすれば、自己保全のために歩かない、食べないということが起こったりするという。こういうのを見ると、老人には、やはりうちで養生させるのがええと思うね。

佐藤　だけど、老人の看護をする人が犠牲になる。昔は犠牲は美徳だったんです。いまはみんなが楽しく生きる権利があって、犠牲なんてよくないことになった。だから老人は若い人に迷惑かけてはいけない、いけないとみんな思っている。

遠藤　それは人間を役に立つか立たないか、機能だけではかるようになったからだ。昔はそれ以外に、老人は尊敬するものだという、

「翁《おきな》」というイメージがあった、だから年をとっても威張っていられた。

いま日本には六十歳以上が千四百万余、東京の人口よりやや多い。そして寝たきり老人、ボケ老人のうち四人に一人は、家庭の主婦が看護している。

この間、龍角散の藤井康男社長と話しとったら、ボケばあさんがいちばん初めに忘れる顔は亭主の顔だという。それはわかるね（笑）。男は社会に出てええ加減なことやって、年寄りになったらかみさんによたれかかる。

こんな人の顔は早う忘れたいという気持ち、潜在意識の中にもつだろうね。耕治人《こうはると》さんの小説にもあったよね。

一方、男の方が絶対に忘れないのは嫁さんの顔だって。この人は最終的には看病してくれると思うんだろうね。本当かなあ。遠慮しないかなあ。

俺、嫁さんが仕事部屋へ遊びにくると、パジャマ着ててもすぐ着替えるもの、遠慮して。娘だったらしないだろうな。

佐藤　そんなことする必要ないのに。カッコよく見てもらいたいわけ？

遠藤　男は変な虚栄心があって、そうしちゃうんだよ。ましてや、よぼよぼになって下の世話なんかしてもらうのは屈辱であるという気がどっかにある。

佐藤　まだどっかに若さがというか、色気が残っているのよ。

遠藤　そうかも知れないな。あんただって、もしもう元気がなくなって、お婿さんにおしめ取り替えてもらうことになったら、どんな気する？　いややろうが……。

佐藤　そのときはきっとボケてるわ。

遠藤　この間の結婚式で、俺、よほど言おうかと思った、「あなたの義理のお母さんの面倒見るのは、あなたです」。これは、みんなが笑う限度を越えて悲劇になったらいかんからやめたけども……（笑）。

佐藤　だけど、この問題は難しいわね。

遠藤　誰でも自尊心もっているんだからね。俺、ある発明家の集まりで言うたんです。「赤ちゃんのおむつを取り替えるのは誰も汚いとは思わない。しかし、年寄りのおむつ取り替えにはかすかな嫌悪感がある。だから諸君、ワンタッチで速やかにできるおむつ取り替え器を考案せよ」と。そうしたら老人の屈辱感は減るだろうし、つくった方は大儲けできる（笑）。

佐藤　ボランティアに頼るとか、お金ためて病院に入るという人もいるけどね……。

遠藤　日赤の看護婦さん五人を引っこ抜いて在宅看護やっているところがあるけれども、何せ二時間で五千円や。これなんか、一般のサラリーマンは払えないですよ。

佐藤　お金ではなく、そういうことやる人がいなくなってくるだろうし……。

遠藤　意外といるよ。「遠藤ボランティア」というのをやっているんだけれど、いま五十人の人がやっている。ただ、病院側がいやがって受け入れないいんだよ。ほんとに丁寧に看病するんだ。ボランティアの人たちも、自分たちはいいことをしていると思ってはいかんと言うている。明日は誰でもわが身、いまわれわれが先輩にしてあげているけれども、次はわれわれの世話を後輩が見てくれるんだからね。

聞いた話だけど、こんな死に方いいねえ。八十になるおばあちゃんがお風呂《ふろ》に入って、「ああ、いい湯だねえ」と言うのを聞いたあとで六十になる嫁さんが入ってゆくと、おばあちゃんがいい気持ちそうに湯船にあごを乗せて眠っている。「おばあちゃん、そんなところで眠ったら駄目よ」と言って見たら、もう死んどるのや。「いい湯だねえ」

と言いながら死んでしもうたのや。

佐藤　最高の幸せね。

遠藤　最高ですよ。よく新聞で、プロレスを見ておじいさんが興奮して死ぬ、というのを見かけるでしょう。これなんかも最高だと思うな。年をとればとるほど、苦痛は少なくなるらしいよ。

佐藤　うん。長命がめでたいというのはそういうことでしょう？　肉体が枯れていって、苦痛が少なくなる。死ぬための修行が必要な時代になってきているんですね。

遠藤　しかし、あっという間にあんたもそういう年齢になってしもうたんやね。

佐藤　お互いにね。

遠藤　知り合ったとき、十五か十六だったな。
佐藤　うん、十五、六のとき。
遠藤　少女時代のあんたはきれいだった……。
佐藤　何言ってるの（笑）。
遠藤　しかし、ずいぶん早くなってくるよね、年とるのが。五十代から六十代、バーッと木枯らしが吹くみたいに……。
佐藤　でも、充実していると思わない？
遠藤　俺？　まあ、そう思うね。だけどあんたは確かに詰まっているよ。あれだけ騒ぎまわっておったら、詰まっているわなあ。簡単にはできませんよ、断崖絶壁に家を建てようなんてこと考えたりするのは（笑）。

〈遠藤周作氏略歴〉

一九二三年、東京生まれ。慶應義塾大学仏文科卒業。学生時代から『三田文学』にエッセイや評論を発表。一九五五年、『白い人』で芥川賞を受賞。一九六六年、『沈黙』により谷崎潤一郎賞を受賞。一九七〇年、ローマ法王庁から勲章受章。一九九五年には文化勲章を受章。代表作に『わたしが・棄てた・女』『海と毒薬』『深い河』などがある。また、〝狐狸庵山人〟を名乗り、ユーモア小説やエッセイでも人気を博した。一九九六年九月二十九日、逝去。

本書は、二〇一九年四月にＰＨＰ研究所より刊行された作品に、『犬たちへの詫び状』（ＰＨＰ研究所）から「タロウの過去」を加えたものです。

著者紹介

佐藤愛子（さとう　あいこ）

1923年、大阪生まれ。甲南高等女学校卒業。1969年、『戦いすんで日が暮れて』（講談社）で直木賞、1979年、『幸福の絵』（新潮社）で女流文学賞、2000年、『血脈』（文藝春秋）の完成により菊池寛賞、2015年、『晩鐘』（文藝春秋）で紫式部文学賞を受賞。2016年、『九十歳。何がめでたい』（小学館）が大ベストセラーとなる。2017年、旭日小綬章を受章。

ＰＨＰ文庫　人生は美しいことだけ憶えていればいい

2024年４月15日　第１版第１刷

著　者　佐藤愛子
発行者　永田貴之
発行所　株式会社ＰＨＰ研究所
東京本部　〒135-8137　江東区豊洲5-6-52
ビジネス・教養出版部　☎03-3520-9617(編集)
普及部　☎03-3520-9630(販売)
京都本部　〒601-8411　京都市南区西九条北ノ内町11
PHP INTERFACE　https://www.php.co.jp/
組　版　株式会社PHPエディターズ・グループ
印刷所　株式会社光邦
製本所　東京美術紙工協業組合

ISBN978-4-569-90404-7

PHP文庫

幸せはあなたの心が決める

渡辺和子 著

シスター渡辺が、幸福に生きるために大事なこと、困っても困らない生き方を説いた人生の指南書。30万部ベストセラー待望の文庫化。